Beltz & Gelberg Taschenbuch 911

Josee Hussaarts, geboren 1962 in Rotterdam, studierte zunächst an der Sociale Academie in Den Haag und im Anschluss Regie an der Theaterschule in Amsterdam. Theater ist ihre große Leidenschaft und seit 1989 arbeitet sie als Regisseurin vor allem an Jugendtheatern. Mit den Theaterstücken für Kinder und Jugendliche reist sie auch quer durchs Land. Sonst widmet sie sich ihrem zweiten großen Hobby: dem Schreiben. Josee Hussaarts hat bereits mehrere Kinder- und Jugendbücher geschrieben.

Josee Hussaarts

Eintausend Sommersprossen

Roman

Aus dem Niederländischen von
Monika Götze

BELTZ
& Gelberg

www.beltz.de
Beltz & Gelberg Taschenbuch 911

Erstmals in deutscher Sprache erschienen 2002 bei Anrich
Die niederländische Originalausgabe erschien u.d.T. *1000 Sproeten*
bei Uitgeverij Piramide, Amsterdam

Aus dem Niederländischen von Monika Götze
Neue Rechtschreibung
Einbandgestaltung: Max Bartholl
unter Verwendung eines Fotos von Mori Kaz
Gesamtherstellung: Druckhaus Beltz, Hemsbach
Printed in Germany
ISBN 3 407 78911 4
1 2 3 4 5   07 06 05 04 03

1

Wie kann man ein Jahr lang in Biologie hinter Iris sitzen und nichts merken? Wieso ist mir ihr langes blondes Haar nicht aufgefallen, obwohl es direkt vor meiner Nase war? Und wieso ist mir nie aufgefallen, wie unendlich viele Sommersprossen sie hat?
Micha verstand sich selbst nicht mehr. Wo war er im letzten Jahr nur mit seinen Gedanken gewesen? Alle Versuche sich zu erinnern kamen zu dem kläglichen Ergebnis: Er hatte stundenlang gelangweilt aus dem Fenster gestarrt und Mist mit Timo gebaut. Unverzeihlich, einfach unverzeihlich!
Micha starrte im Halbdunkel auf die schwarzweiße Fußballlampe, die von der Decke seines Zimmers hing. Es war ein Uhr nachts und Iris' Name schwirrte wie eine lästige Mücke in seinem Kopf herum. Und dabei hatte er eigentlich gar nicht auf die Party gehen wollen. Idiotisch, einfach idiotisch!
Als Anneke, seine Mutter, ihn gegen halb zehn fragte, wann er denn zur Party gehen wolle, hatte er sie irritiert angesehen – er war gerade in einen spannenden Film vertieft, der im Fernsehen lief.

„Mal sehen", hatte er gebrummt. „Vielleicht geh ich gar nicht. Timo wird mir morgen beim Fußballtraining sowieso alles erzählen."

„Wie kann man denn nicht auf eine Party wollen?" Kees, sein Vater, hatte ihn vom Sofa aus ungläubig gemustert.

Micha hatte mit den Schultern gezuckt. „Ich glaube nicht, dass ich viel verpasse."

Die Klassenfeste waren immer das Gleiche. Weder besonders spannend noch besonders langweilig. Zu Beginn des Abends hing meistens eine merkwürdige Spannung in der Luft, als ob jeden Augenblick etwas Unerwartetes passieren könnte. Das war natürlich nie der Fall.

Gegen zehn ging immer das Bier aus, und ab zwölf verabschiedeten sich alle nach und nach.

Schließlich war er aber doch noch hingegangen, weil er hoffte, es würde diesmal vielleicht anders sein. Und das hatte er keine Sekunde bereut.

Es war ein warmer Spätsommerabend, in allen Häusern standen die Fenster offen. Am Anfang von Nickys Straße dröhnte ihm bereits die Musik von *The Trust* entgegen. Wer hört im Moment nicht *The Trust*, hatte er gedacht.

Er bekam erst gar nicht die Chance zu klingeln – Nicky riss sofort die Haustür auf. „Hallo", rief sie begeistert, und ihre Stimme hallte durch den Flur.

Micha hatte das Gefühl, dass sie sich wirklich freute,

ihn zu sehen. „Hi“, wollte er antworten, aber Nicky war schon wieder weg. Im Flur traf er Timo und Eric.
„Trotzdem sollten wir uns anmelden“, rief Timo und versuchte, die Musik zu übertönen.
„Aber wir haben kaum Songs“, brüllte Eric zurück.
„Na und?“
Micha warf einen Blick ins Zimmer und sah seine Mitschüler in Grüppchen miteinander quatschen. „Was für ein rauschendes Fest!“, sagte er grinsend, aber Timo packte ihn am Arm und zog ihn näher.
„Hör mal“, fing er ohne große Umschweife an, „ich will, dass unsere Band beim Großen Preis mitmacht.“
„Beim Großen Preis?“ Micha beugte sich vor. „Du bist nicht zufällig ein kleines bisschen größenwahnsinnig?“
„Wieso? Machst du dir etwa auch in die Hose?“, fragte Timo kopfschüttelnd.
„Ich mach mir nicht in die Hose!“, unterbrach ihn Eric.
Timo tat, als habe er nichts gehört, und redete weiter. „Es gibt eine Vorrunde hier im *Loods*. Eric ist der Einzige, der findet …“
„… dass wir zu wenig Songs haben“, beendete Eric den Satz. „Jede Band schickt ein Demo-Tape. Wenn wir das nicht machen, nimmt uns keiner ernst.“
Micha nickte. „Da ist was dran.“
„Das kann uns doch egal sein“, warf Timo ein. „Wir können es auch so probieren.“

„Von mir aus“, meinte Micha. „Aber wieso schicken wir eigentlich kein Demo?“
„He, wie?“
Micha zuckte mit den Schultern. „Wir können doch nächsten Dienstag im Übungsraum was aufnehmen.“
„Ja, na klar!“ Timo starrte Micha an, als habe er etwas Geniales gesagt. „Das können wir natürlich machen.“
„Vielleicht wird es nicht astrein klingen, aber es ist besser als nichts.“
„Wir kommen sowieso nicht in die Vorrunde, wir haben ja kaum eigene Songs“, sagte Eric, der offenbar nicht vorhatte, gute Stimmung aufkommen zu lassen.
Micha wollte ihm gerade zustimmen, als ihm jemand auf die Schulter schlug.
Das war Timo. „Wolltest du nicht sowieso einen neuen Song schreiben?“
Micha runzelte die Stirn. „Du hast ein Gedächtnis wie ein Elefant.“
„Ich hab auch so was gehört“, kam Eric Timo zu Hilfe.
„Noch so ’n Elefant!“ Micha sah vom einen zum anderen und stellte fest, dass sich beide plötzlich unglaublich einig waren. „Okay“, seufzte er, „ich tu, was ich kann.“
„Abgemacht!“ Timo strahlte und schlug ihm noch mal auf die Schulter. „Dann besorge ich das Anmeldeformular.“

„Aber am Dienstag ist der Song natürlich noch nicht fertig!“, gab Micha schnell zu bedenken.
Timo winkte wohlwollend ab. „Hauptsache, er ist beim Auftritt fertig.“
„Wie viel Zeit hab ich denn noch?“
„Wenn wir mitmachen dürfen, ungefähr drei Monate.“
Micha nickte. „Müsste klappen. Ich glaube, ich geh jetzt mal rein.“
„He, was?“ Timo hatte sich so weit vorgebeugt, dass Micha ihm direkt ins Ohr sehen konnte.
„Ich geh rein!“, schrie er, so laut er konnte.
Timo zuckte zusammen. „Was machst du?“, fragte er besorgt. „Dich ins Partygewimmel stürzen?“
Micha nickte nachdenklich. „Ja, ich brauche Inspiration.“
„Viel Erfolg!“, brüllte ihm Timo hinterher. Micha hörte Eric lachen, und das war Grund genug, sich nicht mehr umzudrehen. Er ging ins Zimmer und hielt nach den Getränken Ausschau. Sie standen auf einem Tisch beim Fenster. Ein Blick in den Bierkasten reichte aus und er wusste Bescheid – Micha goss sich ein Glas Apfelsaft ein.
Ganz schön blöd, dachte er, über das Demo-Tape anzufangen. Jetzt musste ausgerechnet er es ausbaden und sich den Kopf über einen neuen Text zerbrechen. Er hätte besser seinen Mund halten oder, noch besser, zu Hause bleiben und den Film zu Ende gucken sollen.

Dann hätten Timo und Eric den ganzen Abend in aller Ruhe über den Großen Preis philosophieren können und er hätte nichts damit zu tun gehabt.
Micha sah sich im Zimmer um und entdeckte auf der gegenüberliegenden Seite ein blaues Plüschsofa. Vielleicht war das ja der richtige Platz, um wieder in Stimmung zu kommen. Vorsichtig umschiffte er mit seinem vollen Glas die einzelnen Grüppchen und sank aufs Sofa.
Er saß noch nicht richtig, da ließ sich jemand neben ihn fallen, sodass ein Schluck Apfelsaft auf seine Hose schwappte. „Shit!“, fluchte er. Ärgerlich sah er auf, direkt in Iris’ Augen. Was er eigentlich noch hatte sagen wollen, war plötzlich weg. „Hi, Iris …“, war das Einzige, das er herausbrachte. Es klang genauso bescheuert, wie er sich gerade fühlte.
„Hallo, Micha …“, sagte Iris lachend. „Bist du sehr nass geworden?“
„Was?“ Michas Gesicht änderte plötzlich seine Farbe. Er lief feuerrot an.
„Deine Hose, bist du sehr nass geworden?“
Micha sah wieder auf seine Jeans und betrachtete den großen, dunklen Fleck auf dem linken Hosenbein. „Geht schon.“
„Zum Glück.“ Iris lachte wieder.
Micha sah sie an und hatte ein flaues Gefühl im Bauch, so eins, wie er schon mal in den Ferien gehabt hatte. Damals hatte er auf einem hohen Turm gestanden und

über den Rand nach unten gesehen. Er dachte fieberhaft nach und fing dann wie von selbst zu reden an. Erst über den Film, den er an diesem Abend gesehen hatte, dann über den Film von letzter Woche, und als er kurz Luft holte, um über den Film von vorletzter Woche zu erzählen, fragte Iris: „Sollen wir tanzen?"
Micha nickte zögernd.
„Komm!" Iris sprang auf und ging mit großen Schritten in die Mitte der Tanzfläche.
Micha trank einen Schluck Apfelsaft und beeilte sich ihr zu folgen.
„*... as an earthquake ...*", sang Micha leise mit und versuchte, Iris nicht aus den Augen zu verlieren. Schnell wie Quecksilber kreiste sie um ihn herum. Aus ständig wechselnden Perspektiven erwischte er einen Blick auf ihr herumwirbelndes Haar oder sah einen vorbeifliegenden Arm oder ein Bein. Micha gab sich Mühe, mit der gleichen Leichtigkeit zu tanzen wie sie. Ein paar Mal schon hatte er einen verwunderten Blick von Timo aufgefangen, aber er versuchte, sich nicht aus dem Konzept bringen zu lassen und so zu tun, als wäre es die normalste Sache der Welt, mit Iris zu tanzen. Dass sein Kopf wie die Startbahn eines Flughafens war, auf der ständig Fragen in rasendem Tempo starteten und landeten, brauchte keiner zu wissen.
„*... shocking as an earthquake ...*", summte er. Wie war es möglich, dass er hier mit Iris tanzte? Woher war sie um Himmels willen gekommen, bevor sie neben ihm

auf dem Sofa gelandet war? Hatte sie sich mit Absicht neben ihn gesetzt? Was sollte er gleich zu ihr sagen, wenn sie genug vom Tanzen hatten? „… *feel a thrilling shiver …*“

Plötzlich blieb Iris stehen. Sie wischte sich den Schweiß von der Stirn und atmete kräftig aus. „Super, oder?“

Micha nickte, er fühlte ihren warmen Atem an seiner Wange entlangstreichen. „Willst du was trinken?“, fragte er.

„Cola.“

Micha ging zu den Getränken und kam mit zwei vollen Gläsern zurück.

„Prost!“ Iris sah ihm direkt in die Augen und stieß mit dem Glas an.

Die Härchen auf Michas Armen stellten sich auf. Er war froh, dass Nicky das Zimmer in Schummerlicht getaucht hatte. Da fiel sein roter Kopf nicht so auf.

Um halb zwölf beugte sich Iris zu ihm herüber. Sie standen gerade bei Dunja, Eric und Timo. Timo war noch immer bei seinem Lieblingsthema, der Anmeldung zum Großen Preis, aber Micha hatte kaum zugehört. „Ich muss gehen“, flüsterte sie.

Ihr Satz kitzelte angenehm im Ohr. Micha nickte. „Daran habe ich auch gerade gedacht“, flüsterte er zurück. Okay, schon klar, das klang nicht gerade überzeugend. So ein Zufall aber auch! Iris jedoch lächelte und verabschiedete sich hastig von den anderen. Micha vermied Timos Blick, hob lässig die Hand zum Gruß und watete wie durch Nebelfelder hinter Iris her in den Flur. Dort sah er sich suchend um, tauchte in den Stapel Jacken ein, der von der Garderobe auf den Fußboden gefallen war, und fischte mit Mühe seine eigene Jacke heraus. Als er sich wieder aufrichtete, war Iris schon draußen.

Sie stand mitten auf der Einfahrt und sah in die Luft. Ich bin in einem Film, dachte Micha. Die Sträucher am Wegesrand sind bloß Dekoration und das blonde Mädchen da, in der dunklen Jacke, ist eine Schauspielerin, die, wenn sie sich gleich umdreht ...

„Guck“, unterbrach er sich selbst, „siehst du dort die Sternengruppe, die wie ein T aussieht? Nein, da ...“ Micha stellte sich direkt hinter Iris und zeigte in die Luft. „Es stehen vier Sterne drum herum, wie ein Viereck.“

„Oh ja.“ Iris nickte. Ihre Haare wehten in sein Gesicht. „Jetzt seh ich’s.“

Micha versuchte, seine Stimme in den Griff zu bekommen. „Das ist der Orion.“

„Merkwürdig, ist mir noch nie aufgefallen.“

Micha betrachtete ihre Halslinie, die, wenn sie wie jetzt den Kopf in den Nacken legte, so gebogen und glatt wie eine Skipiste war. Wenn er dürfte, er würde liebend gern mit seinem Finger darüber streichen.

„Kennst du dich aus mit Sternen?“ Unerwartet hatte sie sich umgedreht.

„Nein, eigentlich nicht.“ Micha schluckte.
„Oh.“ Iris sah ihn überrascht an.
„Ich kann dir nur noch den Großen Wagen zeigen“, fügte Micha holpernd hinzu. Dass er den Orion kannte, war purer Zufall. Den hatte sein Onkel ihm einmal gezeigt, und weil er so eine merkwürdige Form hatte, hatte er ihn sich gemerkt. Aber von all den anderen tausend Sternen, die dort am Himmel zu sehen waren, hatte er keine Ahnung.
„Den Großen Wagen kenne ich auch“, sagte Iris.
Micha nickte. „Na klar.“
„Ist ja auch egal.“
„Hm.“ Micha schüttelte geistesabwesend den Kopf. Plötzlich wurde er in die Seite geboxt.
„Aufwachen, Mister Orion!“ Iris lachte.
Micha versuchte zurückzulächeln, aber das gelang nicht richtig. „Soll ich dich ein Stück begleiten?“, fragte er. Das war eine ganz normale Frage, sie brauchte nichts dahinter zu vermuten, versuchte er sich selbst zu beruhigen. Mit ihr mitzufahren musste nichts heißen.
Iris nickte. „In Ordnung.“
Kurz darauf fuhren sie nebeneinander auf dem Radweg. Micha schielte aus den Augenwinkeln zur Seite und betrachtete ihr blondes Haar. Ich fahre bloß neben ihr her, sprach er sich Mut zu.
„Fährst du immer so schnell?“, fragte Iris auf einmal.

„Entschuldige!“ Micha bremste sofort ab. Was war er doch für ein Holzkopf! Natürlich raste er normalerweise nicht so. Schweigend radelten sie weiter durch den Straatweg, über einen Platz und dann nach rechts. Verzweifelt suchte Micha nach einem Gesprächsthema, aber ihm fiel nichts ein. Nur die drei Filme, die er bereits ausgewalzt hatte.
„Ich muss hier nach links“, meinte Iris plötzlich. „Du musst weiter geradeaus, oder?!“
Micha sah sie verwirrt an. „Soll ich dich nicht eben nach Hause bringen?“
„Besser nicht.“
„Besser nicht? Wieso?“ Sie fuhren an den Bürgersteig und stiegen ab.
„Darum nicht.“
Micha traute sich nicht nachzuhaken. Er starrte auf die Pflastersteine vor seinen Füßen und fing automatisch an, sie zu zählen. Als er bei neun war, merkte er, dass er mal wieder in etwas total Absurdes versunken war. Schnell sah er auf und dabei direkt in Iris' Augen. Auf die Reaktion brauchte er nicht lange zu warten, das Blut schoss ihm in die Wangen. Er stand da wie ein kleiner Pimpf aus der Klasse seiner Schwester. Zum Glück mussten Timo und Eric hier nicht vorbei. Die würden sich kaputtlachen, wenn sie ihn so sehen würden. Micha starrte Iris an. Was jetzt?, rief eine Stimme in ihm. Eins war sicher: Wenn er jetzt „Tschüs, bis Montag“ sagen würde, war es vorbei. Alles. Denn

Iris würde garantiert dasselbe antworten: „Tschüs, bis Montag!“ Und das war's dann. Chance verpasst, schöner Abend vorbei.

See you again on Monday, see you again at school, dröhnte es verlockend in seinem Kopf. Ganz sicher kein hitverdächtiger Text.

Iris würde in die nächste Straße abbiegen und er würde so cool wie möglich auf sein Rad springen und wie ein Wilder davonrasen. „Tschüs, bis Montag ...“, der Satz lag ihm kribbelnd auf der Zunge. Langsam öffnete er den Mund, sein Gaumen fühlte sich trocken an, wahrscheinlich sah er aus wie ein Goldfisch. „Seh ich dich morgen?“

„Wer weiß.“ Iris machte noch immer keine Anstalten zu gehen.

Ach, geh doch endlich, schrie es in ihm, und: Bleib doch. Dann passierte es, Micha wusste selbst nicht, was in ihn gefahren war, aber auf einmal beugte er sich nach vorn und suchte zwischen dem blonden Haar ihren Mund. Er küsste sie. Hey, Micha van Empel küsst Iris van Benthem! Sein Herz schlug ihm bis zum Hals. Schnell richtete er sich auf. Es war kein Zungenkuss gewesen, aber doch ein Kuss. Einfach ein schneller Kuss. Na ja, einfach ...?

Verdammt, er hatte sie GEKÜSST!

Kissing, only kissing
To eternity

Und Iris hatte sich nicht gewehrt, im Gegenteil. Sie sah ihn noch immer an und sagte seelenruhig: „Wenn ich kann, komm ich morgen um vier kurz ins *Slof.*“
Micha starrte sie an. Sie hatte das gesagt, als ob es die normalste Sache der Welt wäre. Als ob sie sich seit Jahren täglich verabreden würden. Als ob …
Micha nickte. „Bis dann“, war alles, was er herausbrachte. Er sprang auf sein Rad und raste davon, die ganze Molenlaan entlang. Ins *Slof,* sie will mich wiedersehen, schoss es durch seinen Kopf.

I'll see you again on Sunday
Just one night to go
Spending all time I have
Thinking about you, oh, oh

Erst am Ende der Straße fiel ihm auf, dass er zu weit gefahren war. Er kehrte um und fuhr zurück zum Vlietweg. Da musste er links rein.
„Mein Gott, Iris“, flüsterte er. „Es ist passiert, ich hab dich geküsst!“ Kaum zu glauben: Das Schuljahr war gerade mal zwei Wochen alt und trotzdem war schon jetzt alles ganz anders als letztes Jahr. Micha sah in den Sternenhimmel, und obwohl er sich nie besonders für Horoskope interessiert hatte, war er sich plötzlich sicher, dass die Sterne heute Abend günstig standen.

2

„Hey Micha, der Ball! Bist du blind?“ Timos Wut rüttelte ihn wach. Verwirrt sah sich Micha um, zehn Meter vor ihm rollte der Ball ungehindert über die Seitenlinie.

Timo rannte zu ihm, er war völlig außer Atem. „Sag mal, schläfst du?“

„Ist wohl spät geworden gestern?“, fragte Peter, der Mittelstürmer, der überall seinen Senf dazugeben musste.

Ärgerlich lief Micha hinter dem Ball her. Er hatte tatsächlich wie angewurzelt auf dem Feld gestanden und geträumt! Der Ball war vor einem roten Schild mit gelben Buchstaben liegen geblieben, auf dem *Sporthaus De Jong* stand, der Sponsor des Fußballvereins. Er hob den Ball auf und warf ihn mit aller Kraft ins Feld.

Eric nahm ihn mit dem linken Fuß an.

„Klasse!“, kommentierte van Dijk, der Trainer.

„Nach vorn“, hörte sich Micha rufen. „Eric, hier …“ Er sprintete in den Strafraum und hob die Hand zum Zeichen, dass er frei stand. Auf der Uhr über der Kantine war es zehn vor halb drei, das Training dauerte höchs-

tens noch zehn Minuten. So lange musste es einfach klappen, sich auf das Spiel zu konzentrieren. Micha blieb die ganze Zeit in Bewegung, und als um halb drei abgepfiffen wurde, war sein T-Shirt klatschnass.
„Mann, was war denn mit dir heute los?“ Timo drehte neben Micha die Dusche an.
„Wieso?“
„So erbärmlich habe ich dich noch nie spielen sehen.“
„He, he! Zufällig war das letzte Tor von mir.“
„Ja, schon ...“ Timo musste schreien, um das Plätschern der Duschen zu übertönen. „... aber davor hattest du mindestens fünf Chancen. Normalerweise hättest du die blind reingesemmelt, wetten?“
Der Geruch von Tannenduschgel verbreitete sich in dem kleinen Raum.
„Ach, Mensch, das war doch bloß ’n Übungsspiel.“
„In einer Woche spielen wir gegen Rot-Weiß, schon vergessen?“
„Komm, reg dich ab.“ Micha lachte Timo an. „Dann spiel ich wie ein Weltmeister, versprochen.“ Seelenruhig stellte er die Dusche ab und packte sein Handtuch.
Timo kam hinter ihm her. „Ich dachte schon, es hätte vielleicht was mit Iris van Benthem zu tun.“ Timos Worte schlugen wie Tischtennisbälle gegen die weiß gekachelten Wände.
„He, was?“

Timo grinste. „Dass du was von ihr willst, von Iris. Dass du deswegen keinen Ball mehr triffst."
„Du spinnst doch!" Micha vergrub den Kopf im Handtuch und rubbelte sich die Haare trocken.
„Ist auch nichts für dich, das Töchterchen des Schuldirektors." Timo schlenderte lässig aus dem Duschraum.
Micha ließ das Handtuch los und schaute ihm nach. „Was hat der denn damit zu tun?", rief er.
Timo drehte sich schnell um und meinte spitz: „Wer?"
„Ihr Vater ..." Mit großen Schritten ging Micha in den Umkleideraum und ließ sich neben Timo auf die Bank fallen.
Der zog seine Jeans an und warf Micha einen Blick zu. „Ich kann ihn einfach nicht leiden."
„Ach, nee. Wer kann das schon?" Micha fischte genervt sein T-Shirt vom Boden.
„Na eben, genau das meine ich." Timo zog seinen Reißverschluss zu. „Wenn das dein Papa wäre."
„Aber dafür kann Iris doch nichts!" Micha schrie es beinah heraus und Timo musste lachen.
„Wieso regst du dich denn so auf, wenn sie dich nicht interessiert?"
„Ach ..." Micha zog sich hastig an, stoppte aber mittendrin und verpasste Timo zum Schein einen Kinnhaken. Das war ein Joke, den sie seit vielen Jahren machten. Timo reagierte blitzschnell. Er ließ sich mit

einem Schrei auf den Boden fallen und Micha sprang auf ihn.
Die anderen Jungs im Umkleideraum kamen sofort angerannt und feuerten sie an. „Gib's ihm, Micha!", und: „Mach ihn fertig, Timo!"
Micha starrte in Timos Gesicht, dem vor Lachen die Tränen übers Gesicht liefen. Kein Zweifel, Timo hatte ihn durchschaut. Warum, dachte Micha zum hundertsten Mal in seinem Leben, warum bin ich so ein schlechter Lügner?
„Micha leidet unter einem Virus, und der Virus, der heißt Iris", grölte Timo in voller Lautstärke durch den Umkleideraum.
Micha bohrte seine Knie in Timos Schultern und drückte beide Arme fest auf den Boden. „Überlass mir lieber das Songschreiben, okay?"
„Okay, okay." Timos Gesicht war rot vor Lachen, seine Haare standen in alle Richtungen ab.
Micha grinste. „Außerdem siehst du bescheuert aus." Er verpasste Timo noch einen Klaps, aber der machte gar keine Anstalten mehr, sich zu verteidigen. Vom Lachen vollkommen erschöpft, blieb er regungslos auf dem Boden liegen.

Um halb vier saß Micha im *Slof.* Wie jeden Samstag war es brechend voll. Zur Sicherheit hatte er einen Tisch mit Blick auf die Tür ausgesucht, dann konnte er Iris sofort sehen, wenn sie hereinkam. Aus seiner Jacke fischte er ein Blatt Papier und einen Stift. Heute früh, als er für seine Mutter zum Bäcker gegangen war, waren ihm ein paar Zeilen eingefallen, die ganz brauchbar klangen. Eigentlich verdankte er sie der Bäckersfrau, die meinte, er sähe so strahlend aus. Erst da war ihm sein Dauergrinsen aufgefallen, als ob es in sein Gesicht eingemeißelt wäre. Keine Chance, er konnte nichts dagegen tun. Wahrscheinlich sah das total idiotisch aus: ein Junge, der grinsend ein Brot kaufte und grinsend durch die Stadt fuhr. Micha beugte sich über den Tisch und fing an zu schreiben.

Smiling like a zombie
Cycling down the street
Smiling to the baker
In the bakery

Es muss eine langsame Nummer werden, überlegte er, schleppend wie eine Ballade. Mal was anderes als die harten Rocknummern, mit denen Jeffrey immer ankam. Ungeduldig behielt Micha die Tür im Auge. Es kamen immer wieder Leute herein, aber Iris war nicht dabei. Vielleicht hat es ihr im Nachhinein doch nicht gefallen?, schoss es ihm durch den Kopf.

I tell you, I'm sorry
But you are a fool
One more kiss to say goodbye
See you again at school

Ärgerlich schüttelte Micha den Kopf. Wieso fielen ihm immer bei den verkehrten Themen massenhaft Texte ein, und wenn's drauf ankam, brauchte er oft Stunden für zwei Sätze.
Seine Gedanken an Iris ließen sich nicht vertreiben; unterschwellig waren sie immer da, wie Zahnschmerzen. Vielleicht hätte er ja weitergehen sollen, also nicht nur küssen. Vielleicht hielt sie ihn jetzt für einen Waschlappen, vielleicht hätte er ihr einen Zungenkuss geben sollen und vielleicht hätte er ihr noch etwas Nettes sagen müssen. Dass sie schöne Augen hat und so ein Zeug. Micha versuchte sich an ihre Augenfarbe zu erinnern. Grün, blau, braun? Er hatte keinen blassen Schimmer. Was fand sie nur an ihm? Wahrscheinlich nichts.
Micha starrte auf das Blatt Papier vor seiner Nase. Die Inspiration, die ihn gerade noch beflügelt hatte, war schlagartig weg. Dann eben heute Abend, beschloss er. Er faltete den Zettel sorgfältig zusammen und steckte ihn zurück in seine Jackentasche.
Wieder schwang die Tür auf. Diesmal waren es drei Jungen, die laut redend hereinkamen. Inzwischen war es so voll geworden, dass ihm die Aussicht auf die Tür versperrt wurde. Er nahm sich eine Zeitschrift, die auf dem Tisch lag, schlug sie auf und fing an, den ersten Artikel zu lesen. Er ging über den Film *The Superior Limit*, der in Kürze laufen würde und zwanzig Millionen gekostet hatte. Der Regisseur sowie die Haupt-

darsteller wurden ausführlich interviewt. Ob Iris wohl gerne ins Kino ging? Das musste er sie gleich unbedingt fragen. Sie könnten sich ja nächste Woche den Film zusammen ansehen.
Micha sah auf seine Armbanduhr, es war genau vier Uhr. Er blätterte weiter, sah sich die Fotos an und las die Überschriften. Als er am Ende war, drehte er die Zeitschrift um und fing wieder von vorne an. Die ganze Zeit musste er sich beherrschen, nicht auf die Uhr zu sehen, aber als er die Zeitschrift zum zweiten Mal durchgeblättert hatte, hielt er es nicht mehr aus. Es war zehn nach vier.
Auf einmal war ihm klar: Es hatte ihr nichts bedeutet. Sie fand ihn lächerlich. Sie wollte nichts von ihm. „Shit", fluchte er zwischen den Zähnen, schlug die Zeitschrift zu und schob den Stuhl vom Tisch. „Hallo!", hörte er eine leise Stimme direkt hinter sich. „Iris!" Ruckartig drehte er sich um. Sein Begeisterungsschrei hallte wie ein Echo in seinen Ohren. Iris lächelte. Sie zog ihre Jacke aus und setzte sich an den Tisch.
„Hallo", fügte er jetzt hinzu, aber diesmal so gelassen wie möglich.
„Hallo", antwortete Iris. „Entschuldige, dass ich so spät bin."
„Macht nichts."
„Oh, okay."
„Hattest du's vergessen?"

„Was?“
„Na, unsere Verabredung.“
„Natürlich nicht!“ Sie schaute ihn entgeistert an.
Micha sah in große graue Augen. Zum Glück hatte er sich gerade noch beherrschen können, denn eigentlich hatte er sagen wollen, dass er selbst es fast vergessen hätte, und das wäre dann peinlich geworden. Sie hatte Sommersprossen auf der Nase und nicht nur dort. Ihr ganzes Gesicht war voll davon. Micha dachte angestrengt nach. Wie hießen Sommersprossen auf Englisch? Spots? Nein, das waren Pickel.
„Zu Hause war noch was, deswegen konnte ich nicht früher weg.“
„Was denn?“
„… Besuch, so was in der Richtung“, sagte sie widerwillig. „Wieso siehst du mich denn so an?“
„Du hast Sommersprossen auf der Nase.“
Erschrocken legte Iris die Hand auf ihre Nase.
„Sommersprossen sind die verrosteten Nervenenden“, fügte er schnell hinzu. Wie er auf diese blödsinnige Bemerkung gekommen war, wusste er nicht. Jedenfalls musste Iris laut darüber lachen. Ein Lachen wie ein Gitarrenriff, stellte Micha fest. Für einen kurzen Moment legte er die Hand auf ihren Arm. „Was möchtest du trinken?“
Iris verschluckte sich. „Cola“, sagte sie hustend.
Micha stand zufrieden auf. So weit hatte er alles unter Kontrolle.

Mit zwei randvoll gefüllten Colagläsern kam er zum Tisch zurück, an dem Iris in der Zwischenzeit damit beschäftigt gewesen war, einen Bierdeckel in kleine Stücke zu zerbröseln. Sie hielt den Kopf nach vorn gebeugt, ihre blonden Haare hingen bis auf die Tischplatte. Als ihr Micha das Glas vor die Nase stellte, schrak sie hoch.

„Prost." Micha hob sein Glas.

Iris stieß mit ihm an. „Prost."

„Hat dir die Party gestern gefallen?" Lass sie Ja sagen, lass sie Ja sagen, geisterte es durch seinen Kopf.

Iris nickte.

„Ich dachte mir, vielleicht hast du ja Lust, nächste Woche mit mir ..."

„Na, klar!"

„Du weißt doch noch gar nicht, was ich sagen will." Micha war verblüfft.

„Nein, stimmt."

„... mit mir ins Kino zu gehen?"

„Na, klar!" Iris blickte ihn triumphierend an. „Sag ich doch!"

„Oh ..." Micha sah derart verdutzt aus, dass Iris lachen musste. Micha auch. Plötzlich bekam er solche Lust sie zu küssen, dass er sich zu ihr über den Tisch beugte.

„Ach, nee", hörte er in diesem Moment hinter sich, „wen haben wir denn da?"

Micha erstarrte und sah zögernd über seine Schulter.

Nancy und Lisa, die beiden größten Klatschtanten an der Schule!
„Dürfen wir uns dazusetzen?“, fragte Lisa zuckersüß.
„Lieber nicht!“ Nancy zog sie mit sich mit. „Lass die zwei. Du siehst doch, dass die was miteinander haben.“
„Tschüüüs!“ Kichernd gingen sie zur Bar. Micha fühlte schon wieder eine ihm vertraute Farbe ins Gesicht steigen.
„Dumme Ziegen!“, meinte Iris verächtlich.
Micha nickte. „Montag weiß die halbe Schule, dass wir hier waren“, sagte er zerknirscht.
„Na und? Ist mir egal!“, konterte Iris.
Micha wurde nicht schlau aus ihr. Sagte sie das jetzt, um cool zu sein, oder meinte sie es wirklich? Sie saß jedenfalls ganz ruhig da, als ob dies nicht ihre erste, sondern ihre zwanzigste Verabredung war. Micha nickte zögernd. „Genau, das kann uns ganz egal sein.“

Let them talk all over
Darling we don't care

Montag würde die ganze Klasse wissen, dass er und Iris miteinander gingen. Na ja, dachte Micha, ich habe noch den ganzen Sonntag, um mich an den Gedanken zu gewöhnen.

3

Die ersten Herbstblätter torkelten auf den Radweg. Micha fuhr im Zickzack um sie herum und pfiff vor sich hin.

> Kissing to eternity
> There's no time to lose

Seit fünf Wochen war er jetzt mit Iris zusammen und ihm war, als würde es mit jedem Tag schöner. Gleich hatte er Mathe und er freute sich drauf. Er saß in der mittleren Reihe hinten und hatte von dort eine fantastische Aussicht, denn Iris saß zwei Reihen vor ihm, an der linken Seite. Selbst wenn er zur Tafel gucken musste, konnte er sie noch im Augenwinkel sehen.
Micha nahm die letzte Kurve, das Schulgebäude wurde sichtbar. Es war ein betongraues Gebäude, wie sie in jeder Stadt herumstanden. Links davon war der Schulhof, ein graues Pflastersteinmeer, das ab und zu von einem ebenfalls betongrauen Blumenkübel unterbrochen wurde.
Micha sah auf die Uhr, es war sieben Minuten vor halb

neun. Prima, dann hatte er noch ein paar Minuten Zeit. Er fuhr auf den Schulhof zu den Fahrradständern und hielt nach einem freien Platz Ausschau. Vom anderen Ende des Schulhofs sah er Iris kommen. Hastig parkte er sein Fahrrad zwischen zwei anderen und winkte ihr, aber Iris winkte nicht zurück. Sie ging neben Dunja und sah auf den Boden. Micha setzte sich auf seinen Gepäckträger und pfiff vor sich hin.

Look, there is my baby
Walking down the street
Talking to another girl
Staring at her feet

Nicht schlecht, fand er. Gleich, in Mathe, aufschreiben. Dunja und Iris waren jetzt beinah bei ihm.
„Guten Morgen“, sagte er fröhlich.
Iris sah auf und lächelte kurz. „Hallo!“
Micha stand auf und ging neben ihnen her. In der Schule küssten sie sich nicht. Komischerweise hatten sie nie darüber gesprochen, das war einfach abgemacht. Dunja schien sich an ihm nicht zu stören und redete unverdrossen weiter.
„Er hat Tabletten genommen und sich dann in die Badewanne gelegt. Als sie ihn fanden, war er schon ein paar Stunden tot.“
„Schönes Gesprächsthema, so früh am Morgen“, meinte Micha. „Über wen redet ihr eigentlich?“
„Über den Sänger von *The Trust*“, sagte Iris.

„John Ascott?"
„Ja."
„Echt wahr? Wir haben letzten Donnerstag noch in der Band darüber diskutiert, ob wir ihren letzten Hit covern sollen."
Erst jetzt sah Dunja ihn an. „Es ist vorgestern passiert."
Micha spürte, wie sich Gänsehaut über seinen Armen ausbreitete. „Wie alt war er eigentlich?"
Iris zuckte mit den Schultern. „Zwei- oder dreiundzwanzig."
„Kaum zu glauben."
„Keiner hat vorher was gemerkt", erzählte Dunja. „Den Abend davor hatten sie noch ein riesiges Konzert in London."
„Verrückt", meinte Micha. „Da stehen ein paar Stunden vorher noch deine Kumpel mit dir auf der Bühne und dann …"
„Natürlich lässt man sich vorher nichts anmerken. Nicht, wenn man sich wirklich umbringen will", meinte Iris.
„Wieso?"
„Ist doch logisch! Weil du nicht willst, dass dich jemand davon abhält." Iris war sich ihrer Sache sehr sicher. „Leute kündigen das nur an, wenn sie's eigentlich gar nicht vorhaben. Die wollen dann nur Aufmerksamkeit oder zeigen, dass es ihnen schlecht geht oder so."

Micha warf ihr von der Seite einen Blick zu. „Woher weißt du das?"
„Einfach so." Iris zuckte wieder mit den Schultern. „Ich weiß es halt."
„Hm ..." Micha dachte nach. „Du willst uns also weismachen, all die Leute hier, die nicht über Selbstmord reden, sind potenzielle Selbstmordkandidaten. Richtig?"
„Nein ..." Iris schüttelte den Kopf, aber als sie Michas Gesicht sah, musste sie lachen. „... oder eigentlich doch", sagte sie langsam. „Und die paar, die darüber reden, nicht!"
Micha lachte jetzt auch. „Interessant."
„Hallo, jetzt mal im Ernst." Dunja seufzte. „Mich macht das wirklich fertig. Ich habe es gerade erst im Fernsehen gehört."
„Also, ich kann euch jedenfalls versichern ...", sagte Micha, um vor allem Iris zu beruhigen, „... dass ich noch nie an Selbstmord gedacht habe."
„Oh", meinte Iris, „noch nie?"
„Hallo, Leute!", kündigte sich Timo an. „Auch so 'ne Lust auf Mathe?" Plötzlich wechselte er das Thema. „Hey, seht mal, da haben wir ja unseren Gartenzwerg van Benthem auf seinem Klappfahrrad. Oh, sorry ..." Timo sah Iris an. „Manchmal vergesse ich, dass es dein Vater ist."
„Nichts dagegen", murmelte Iris.
„Was?"

„Dass du es vergisst", sagte Iris. „Ich wünschte, ich könnte das auch ab und zu."

Van Swinden schrieb eine saftige Gleichung mit zwei Unbekannten an die Tafel. „Wenn ihr bitte in der Zwischenzeit mitschreiben würdet", sagte er.
Die gesamte Klasse beugte sich über die Hefte. Micha sah zu Iris hinüber, die in aller Ruhe mitschrieb. Dann hörte sie kurz auf, strich sich mit dem Stift eine Strähne hinters Ohr, sah stirnrunzelnd aufs Papier und schrieb dann wieder weiter. Micha nahm seinen Stift in die Hand und machte sich ebenfalls dran, die Gleichung abzuschreiben.
„In Ordnung", sagte van Swinden, als er fertig war. „Wie groß müsste jetzt die Variable X sein?"
In der Klasse blieb es still. Es war neuer Stoff und van Swinden hatte ihn in rasendem Tempo durchgenommen.
„Iris, was meinst du?"
Iris sah erschrocken auf. „Ich weiß es nicht."
„Du weißt es nicht? Du wirst doch wohl irgendetwas ausgerechnet haben?", regte sich van Swinden auf. Seine etwas zu hohe Stimme ließ ihn immer furchtbar überrascht wirken. „Was ist dein erstes Zwischenergebnis?"
Iris sah auf ihr Blatt und schwieg.
„Iris?"
„Ich kapier das nicht!", sagte sie böse. „Sie meinen

ja, einmal erklären ist genug und alle haben's verstanden."

„Na, na …" Seine Stimme klang jetzt noch eine Oktave höher. „… ich darf doch bitten! Also los, was ist der erste Schritt?"

„Ich weiß es nicht!"

Micha behielt van Swinden im Auge. Der spitzte den Mund, als ob er auf seine Wangen biss. „Komm bitte mal nach vorne und bring dein Heft mit."

Iris nahm ihr Heft vom Tisch und rauschte nach vorn. „Hier", sagte sie genervt und hielt ihm das Heft unter die Nase. „Wenn Sie sich selbst überzeugen wollen!"

Van Swinden sah ihr direkt in die Augen. „Auch wenn du van Benthem heißt, diesen Ton verbitte ich mir!"

Iris stand stocksteif da und starrte ihn an. Die Klasse war mucksmäuschenstill, alle verfolgten, was da vor der Tafel geschah.

„Also …", war alles, was Micha kleinlaut hervorbrachte.

In diesem Moment drehte sich Iris um, lief zu ihrem Tisch zurück, ohne jemanden dabei anzusehen, und nahm ihre Tasche. Vollkommen beherrscht ging sie erneut durch die Tischreihen nach vorn, blieb kurz vor van Swinden stehen und flüsterte gerade laut genug: „Du kannst mich mal."

Van Swinden zwinkerte aufgeregt mit den Augen, aber

Iris hatte sich schon umgedreht und war hinausgegangen. Niemand rührte sich. Micha starrte die Tür an, durch die Iris verschwunden war.
Van Swinden war der Erste, der sich bewegte. Er hob die linke Hand und strich sich langsam mit der Hand durchs Haar. Dann schlug er Iris' Heft zu und sah die Klasse an. „Gut. Gibt es jemanden, der mir die richtige Antwort geben kann?"
Zögernd hob Alex die Hand.
„Na, dann zeig mal, was du kannst, Alex. Komm bitte nach vorn."
Van Swinden stand auf und schloss leise die Tür. Michas Herz schlug wie eine tickende Zeitbombe, die anderen sahen ihn an. Erwarteten sie, dass er etwas tat? Sollte er aufstehen und ebenfalls wütend den Klassenraum verlassen? Oder mit van Swinden streiten?
„Sehr gut, Alex", ertönte van Swindens Stimme von weitem. Micha sah zur Tafel. Natürlich! Alex mal wieder, der Streber. Alex kam von einer anderen Schule und war erst seit diesem Schuljahr bei ihnen in der Klasse, aber schon jetzt wurde er von allen Alex der Streber genannt, denn er hing die ganze Zeit mit seiner Nase in den Büchern.
Wieso war Iris so gereizt gewesen?, zerbrach sich Micha den Kopf. Er hatte sie noch nie so wütend gesehen. Natürlich war van Swinden ein nerviger Typ, keine Frage. Trotzdem …

Die Stunde ging nur schleppend vorbei. Jeder schien sich nach der „Explosion“ so unauffällig wie möglich zu verhalten.
Sogar van Swinden schien die Lust vergangen zu sein. „Macht bitte mit den Aufgaben auf Seite 32 weiter“, sagte er. „Ich werde rumgehen und eure Fragen beantworten.“
Schon lange bevor die Pausenklingel läutete, hatte Micha seine Tasche gepackt und wartete auf das Ende der Stunde. Er rannte durch die Flure in die Pausenhalle und sah Iris auf Anhieb. Sie saß am äußersten Tisch in der linken Ecke.
„Iris!“, rief er, noch bevor er bei ihr war.
„Hallo.“ Sie sah niedergeschlagen aus.
Micha legte einen Arm um ihre Schultern. Plötzlich war ihm egal, was die anderen denken würden. „Bist du bei van Benthem ..., ich meine, deinem Vater gewesen?“
Iris schüttelte den Kopf. „Ich bin doch nicht verrückt.“
„Aber“, sagte er vorsichtig, „eigentlich musst du dich bei ihm melden, wenn du rausgeworfen wirst.“
„Na und? Ich bin nicht rausgeschmissen worden. Ich bin freiwillig gegangen!“, sagte sie laut. Sie sah ihn empört an.
„Aber was war denn los?“, fragte er unbeholfen. „Ich meine, wieso bist du so sauer geworden?“
„Ach, einfach so!“ Sie stand auf und warf ihre Tasche

über die Schulter. „Komm, wir müssen zu Englisch.“ Mit großen Schritten ging sie voraus. Verwirrt lief Micha ihr hinterher. Er rempelte gegen ein paar aus der Dreizehnten, was ihm einige Klapse einbrachte, aber Micha rannte eilig weiter, bis er neben Iris war. Kurz vorm Englischraum versuchte er es noch mal.
„Nun sag schon, warum du so sauer geworden bist!“
Iris blieb stehen. „Ich bin es einfach leid.“
„Was bist du leid?“
Sie zuckte mit den Schultern – eine kleine, hilflose Bewegung. „Ach, lass. Das verstehst du doch nicht.“ Sie drehte sich um und ging in den Englischraum.
Micha sah ihr verdutzt hinterher. Was war das, was er angeblich nicht verstand?

In der großen Pause saßen sie auf den Stufen vorm Eingang. Für Oktober war es ein warmer Tag, eigentlich viel zu schade, um drinnen zu sitzen. Micha stellte zufrieden fest, dass sich Iris’ Laune gebessert hatte. Sie saß vor ihm, gegen seine Knie gelehnt, und schälte eine Apfelsine. Micha musste an seinen Vater Kees denken, dessen verzweifelter Ausruf „Frauen!“ manchmal durchs Haus klang, wenn er Anneke mal wieder nicht verstand. Dabei verzog er dann das Gesicht. Micha hatte es bisher nicht sonderlich gefallen, wenn sein Vater so etwas sagte. Aber heute Morgen, im Flur, hatte er auf einmal das Gefühl gehabt, dass er verstand, was sein Vater damit meinte.

Seine Gedanken wurden von Timos Geschrei unterbrochen, der gerade nach draußen gestürmt kam und sich neben sie auf die Stufen fallen ließ. „Van Eijk ist krank. Sie hat sich gerade verabschiedet!“

„Mist!“, war Dunjas ehrliche Reaktion.

„Yes!“, rief Eric. „Das ist dann eine Fünf in Deutsch weniger.“

„Hast du nicht für den Test gelernt?“, fragte Dunja.

„Na …“ Eric fing zu stottern an, was er immer tat, wenn Dunja ihn ansprach. „… nur ein bisschen. Ich hatte da so ein Gefühl …“ Eric sprang auf und fuchtelte wild mit den Armen in der Luft herum. „So als ob van Eijk heute Vormittag um elf eine Erkältung kriegen würde!“ Siegessicher sah er sich in der Runde um. „Ich habe paranormale Fähigkeiten, müsst ihr wissen.“

„Hm, das nächste Mal, wenn du wieder so ein Gefühl hast, musst du mich anrufen“, meinte Dunja grimmig. „Ich habe wie eine Bekloppte gelernt. All diese blöden Fälle und Konjunktionen, und das Schlimmste ist, dass ich nächste Woche alles wieder vergessen hab. Dann kann ich noch mal von vorn anfangen!“

Eric nickte ernst. „Das nächste Mal, wenn ich wieder so was spüre, rufe ich dich an, Dunja. Versprochen!“

„Und nicht, wenn du etwas ganz anderes fühlst!“, ärgerte ihn Timo.

„Was meinst du?“, rief Eric empört.

„Kannst du mit deinen paranormalen Fähigkeiten ei-

gentlich auch vorhersagen, wie unsere Band heißen wird?", fragte Micha. Mit dieser Frage schlugen sie sich seit Tagen herum.
„Habt ihr immer noch keinen Namen?" Dunja verdrehte die Augen.
„Nein", sagte Timo. „Wir haben gedacht, dass du uns vielleicht helfen könntest."
„Von mir aus! Was haltet ihr von *Die Flintstones*?"
„Sehr witzig, Dunja! Vielen Dank für deine Mitarbeit."
„*The Idiots*!" Das war Iris. Dunja lachte los.
„Auch nicht schlecht!", versuchte sie Timo zu übertönen. „Wartet nur ab. Wenn wir in den Top Twenty stehen, gebt ihr damit an, dass ihr mit uns zusammen in einer Klasse wart."
„Genau!", rief Eric. „Die Top Twenty, Jungs, das wär was! Meine paranormalen Fähigkeiten sagen mir, dass es klappt!"
„Darf ich dann euer Groupie sein?", bat Nicky schmachtend.
„In Ordnung", sagte Timo schnell. „Aber nur, wenn du mein Groupie bist."
Micha sah Timo an und zog fragend die Augenbrauen hoch, aber Timo grinste bloß breit.
„Hey, ihr da. Rückt mal zur Seite", hörten sie eine tiefe Stimme hinter sich.
Eigentlich hätte sich Micha gar nicht umdrehen müssen. Er wusste sowieso, wer da stand. Aber er tat es

trotzdem. Vincent van Erkel, ein Kerl aus der 12b, sah auf sie herab. Neben ihm stand Bas de Vries, sein „Schatten“, der in allem das Gegenteil war. Vincent war groß und dünn, Bas klein und dick. Sie wären das perfekte Komiker-Duo, nur gab es leider wenig zu lachen, wenn die beiden irgendwo auftauchten. Micha drehte sich weg. Je weniger er mit den beiden zu tun hatte, desto besser. Vincent, der mindestens zwanzig war, ging immer noch zur Schule, weil er so oft sitzen geblieben war. Micha hatte mal gehört, dass seine Eltern darauf bestanden, dass er das Abitur machte. Sie wollten, dass ihr Sohn später studierte. Vincent jedoch schien dazu keine Lust zu haben.

„Nun, wird's bald?“, fragte Vincent ungeduldig. Murrend rückten sie auseinander.

Bas und Vincent gingen gemächlich die Treppe hinunter, wobei Vincent mit seinem Stiefel Michas Hand streifte. Micha zog seine Hand schnell zurück. Das war Absicht gewesen, davon war er überzeugt.

Als die beiden unten waren, drehte Vincent sich kurz um. „Wieso geht ihr nicht auf den Spielplatz?“, fragte er mit sanfter Stimme. „Dann sitzt ihr wenigstens nicht im Weg!“

Keiner reagierte. Erst als die beiden ein paar Meter weg waren, murmelte Timo: „Mistkerl.“

„Ekelpakete sind das“, fügte Iris hinzu. „Vor allem dieser Vincent.“

Micha sah Vincents merkwürdig schlaksigem Körper

hinterher, mit seinem langen Hals und dem lang gezogenen Kopf. „Er ist ein Longneck“, murmelte er.
„Hä, was?“ Iris drehte sich fragend um.
„Dieser Vincent“, Micha nickte mit dem Kopf in die Richtung der beiden, „der ist ein Longneck. Kennst du die nicht, diese Leute mit den langen Hälsen?“
Die anderen grölten los vor Lachen und sahen Vincent hinterher, der mit federndem Gang Richtung Fahrradständer ging. Bas musste sich ganz schön anstrengen, um mit ihm Schritt halten zu können.
„Ein Longneck. Du hast Recht. Verblüffende Ähnlichkeit“, kicherte Timo. „Der hätte von mir sein können, ich schwöre! Und dieser Bas, der ist mehr ein Short…, äh, ein Shortleg!“
Micha sagte nichts. Er sah den Rücken nach, die langsam außer Sichtweite kamen. Er hatte jedes Mal, wenn die beiden in der Nähe waren, das Gefühl, auf der Hut sein zu müssen.
„Das ist doch ein guter Bandname“, meinte Eric. *„The Longnecks.“*
„Ja klar, Mann!“, sagte Timo. *„The Longnecks* on tour … Ich schlaf mal ’ne Nacht drüber.“
Sie wurden von der Pausenklingel unterbrochen. Dunja sprang als Erste auf. „Los Leute, mal sehen, ob wir tatsächlich eine Freistunde haben.“

4

Manche Sachen sind tödlich, dachte Micha, als er in den Deutschraum kam und ihren Direktor van Benthem auf sie warten sah.
„Nicht so ein Lärm, bitte. Kommt rein“, ermahnte er sie.
„Shit!“ Micha dachte, er hätte es ganz leise gesagt, aber van Benthem drehte sich mit einem Ruck um. „Wie bitte, junger Mann?“
Micha schüttelte den Kopf und ging, wie die anderen, schweigend auf seinen Platz. Er versuchte, einen Blick von Iris aufzufangen, aber die saß vornübergebeugt, blätterte in ihrem Kalender und sah nicht auf.
„Gut“, sagte van Benthem, nachdem alle saßen. „Ihr habt sicher schon gehört, dass sich Frau van Eijk heute Morgen krankgemeldet hat, und weil ich nicht möchte, dass euch eine Unterrichtsstunde verloren geht, habe ich heute die Ehre.“
Die Klasse stöhnte, was van Benthem ignorierte. Micha fiel ein, dass van Benthem, bevor er Direktor wurde, Deutschlehrer war.
„Frau van Eijk hat mir die Testfragen gegeben, ihr

könnt also gleich anfangen." Er sah in die Runde und fing in den ersten Reihen an, den Test auszuteilen. Micha beobachtete ihn dabei. Kaum zu glauben, dachte er, der ist so glatt wie ein Aal. Wie kommt so ein ekliger Typ in Gottes Namen zu einer so netten Tochter? Wenn er aus dreißig Männern Iris' Vater hätte suchen sollen, wäre van Benthem der letzte gewesen, auf den er getippt hätte.

Timo hatte scheinbar dasselbe gedacht, denn plötzlich wurde er in die Seite geknufft und bekam einen Zettel unter die Nase geschoben. *Toller Schwiegervater!* stand darauf.

Empört sah Micha zur Seite, direkt in Timos grinsendes Gesicht. Er nahm den Zettel, knüllte ihn zusammen und stopfte ihn schnell in seine Hosentasche. „Dich krieg ich noch", flüsterte er. Im selben Moment wurde der Testbogen auf seinen Tisch gelegt. Van Benthem ging weiter.

Micha überflog schnell die Aufgaben. Nicht allzu schwierig, schätzte er und fing an zu schreiben. Er sah erst wieder auf, als er fertig war, und sein erster Blick galt natürlich Iris, die sich noch immer über ihren Test beugte. Es schien, als ob sie Schönschreibübungen machte, so zierlich und langsam glitt ihr Stift übers Papier. Micha starrte sie ein Weile verwundert an. Erst als er von vorne van Benthem hörte, der sich räusperte, sah er auf. Van Benthem saß kerzengrade am Pult, seine Hände lagen übereinander gefaltet und

sein Blick war direkt auf Micha gerichtet. Micha fühlte, wie seine Wangen glühten.
„Gut!“ Van Benthems Stimme durchschnitt die Luft im Raum. „Die Zeit ist um. Schreibt euren Satz zu Ende. Ich sammle die Blätter jetzt ein.“
Hier und da waren Seufzer zu hören. Iris schrieb hastig weiter, während van Benthem durch die Reihen ging und die voll geschriebenen Zettel aufeinander stapelte.
„Denkt bitte daran, euren Namen oben an den Rand zu schreiben“, rief er durch den Raum. Dann nahm er Michas Test vom Tisch und besah sich die erste Seite. „Ah, Micha van Empel. Der Junge, der gerade so laut Shit gerufen hat. Wo habe ich diesen Namen nur schon mal gehört?“
Um ihn herum wurde gekichert. Micha sah auf und sein Blick kreuzte den van Benthems. Dessen Augen waren, aus der Nähe betrachtet, nicht nur hellblau, sondern auch irgendwie rot unterlaufen. Der Blick dauerte nur eine Sekunde, nicht länger, dennoch war es lang genug gewesen, um Micha einen Schauer über den Rücken laufen zu lassen. Ärgerlich steckte Micha seinen Stift zurück ins Etui.
Van Benthem war bei Iris angekommen, die noch immer schrieb. „So, junge Dame“, war das Einzige, was er sagte.
Micha beugte sich zu Timo hinüber. „Der tut ja so, als ob er sie nicht kennt.“

Timo nickte.
Micha behielt Iris im Auge. Ohne aufzusehen, hielt sie ihrem Vater die Blätter hin. Van Benthem lief mit dem Papierstapel beladen zurück zum Pult. „Nehmt bitte eure Bücher heraus", sagte er, während er sich hinters Pult setzte. Den Rest der Stunde verbrachte er mit Ausspracheübungen, bei denen er stets einen anderen Schüler aufforderte, ein paar Sätze vorzulesen.
Natürlich kam auch Micha an die Reihe. „Micha van Empel. Lass mal hören, was dir dazu einfällt."
Micha fing verunsichert zu lesen an, van Benthem machte ihn nervös. „*Der junge Bauernsohn gab ...*"
„*... khaab ...*", unterbrach ihn van Benthem.
Micha sprach ihm nach: „*... khaab ...*", und las weiter. „*... dem alten Mann ein Stückchen Butterbrot. ‚Entschuldigung', sagte er ...*" Micha hörte seine Stimme durch den Raum klingen. Van Benthem sollte aufhören zu meckern, zufällig war er ganz gut in Deutsch.
„Bis hier." Van Benthem wandte sich an Timo. „Und jetzt dein Nachbar."
Micha fing Iris' Blick auf, sie sah ihn an. Er zwinkerte ihr zu, was so viel heißen sollte wie: Dein Vater kann mich mal.

Damm your father,
Baby, I don't care

Iris lachte nicht zurück.

„So, du hast allemal ein Bier verdient." Micha lachte Iris an. Sie waren mit einigen Leuten nach der Schule ins *Slof* gegangen.
„Bring mir lieber eine Cola", meinte sie. „Alkohol finde ich eklig!"
„Das weiß ich doch! War nur Spaß." Er ging zur Theke und bestellte zwei Cola. Inzwischen behielt er den Tisch im Auge. Iris sah müde aus.
„Eric, wie ist der Deutschtest gelaufen?", hörte er Dunja fragen.
„Beschissen! Was für ein Schuft, dieser van Benthem."
„Scheinbar sind deine paranormalen Fähigkeiten doch nicht so zuverlässig", lachte ihn Dunja aus. „Jedenfalls brauchst du mich nicht mehr anzurufen, wenn du mal wieder ein Vorgefühl hast."
„Och …" Eric machte ein enttäuschtes Gesicht.
Micha setzte sich neben Iris, die schweigend vor sich hin starrte. Er stieß sein Glas gegen ihres. „Wach werden! Prost!"
„Prost", antwortete sie matt.
„Es stinkt dir sicher, dass dein Vater uns heute unterrichtet hat?"
Iris nickte. „Na klar, und vor allem, weil er so … so …" Iris stockte.
„Weiß dein Vater von uns?"
„Ich glaub schon. Nicht, dass ich ihm was erzählt hätte, aber meine Mutter weiß Bescheid. Na ja, und

dann …" Iris zuckte mit den Schultern. „Wahrscheinlich hat sie es ihm erzählt. Sie kann nichts für sich behalten."
Micha lachte. „Das versteh ich, das kann ich nämlich auch nicht. Du musst mal Timo fragen. Wenn ich lüge, krieg ich sooo einen roten Kopf …" Mit seinen Händen zeichnete er einen riesigen Kreis in die Luft, aber Iris konnte darüber nicht lachen.
„Ich finde, mein Vater ist ein Vollidiot, damit du's weißt!" Iris hatte so wütend geklungen, dass Micha nicht wusste, wie er reagieren sollte. Sofort zustimmend zu nicken, schien ihm übertrieben. „Ach, das geht schon", versuchte er vorsichtig.
„Überhaupt nicht, es geht überhaupt nicht! Ich meine, wenn er in der Schule so ist, okay. Aber …" Wieder stoppte sie mitten im Satz.
„Aber?" Micha sah sie fragend an.
„Ach, lass." Sie lehnte sich an ihn, er fühlte ihr Gewicht.
Micha beugte sich zu ihr. „Was ist heute nur mit dir?"
Iris sah zu ihm auf, ihr Mund verzog sich zu einem Lächeln. „Nichts", sagte sie. Sie spitzte die Lippen und Micha beugte sich noch weiter vor, um sie zu küssen.
„Hey, keine Knutscherei bei Tisch, bitte!", kommentierte Eric sofort. Micha griff sich einen Bierdeckel und zielte auf Erics Kopf, warf aber daneben.

„Ich bring dich noch ein Stück", meinte Micha, als sie draußen standen.
„Ach was, das brauchst du nicht." Iris versuchte, ihr Schloss aufzuschließen, ohne Erfolg. Wütend rüttelte sie daran. „Oh, verdammt! Das ist der verkehrte Schlüssel."
„Versuchst du's etwa mit dem Haustürschlüssel?" Micha grinste.
„Nein, noch schlimmer." Iris wedelte mit zwei Schlüsseln vor Michas Nase. „Das sind die Haustürschlüssel von Tante Ellen aus Utrecht."
„Was willst du denn damit?"
„Keine Ahnung. Sie hat sie mir in den Ferien gegeben, als sie zu Besuch war. Wenn du mal in Utrecht bist, hat sie gesagt, dann kannst du immer rein."
„So 'ne Tante hätte ich auch gern!"
Jetzt hatte Iris den richtigen Schlüssel, das Schloss sprang klickend auf. Sie lachte. „Kaum zu glauben, aber sie ist die jüngste Schwester meines Vaters."
„Echt?"
„Ja, echt!" Iris zog den Reißverschluss ihrer Jacke zu.
Sie sah wieder fröhlicher aus, fiel Micha auf. „Trotzdem fahr ich mit dir", beschloss er. „Ich hab noch viel zu viel Lust, bei dir zu sein."
Iris sah ihm in die Augen, stellte ihr Rad wieder auf den Ständer und lief zu ihm. Bevor er sich versah, hatte sie ihre Arme um seinen Hals geschlungen und fing

an ihn zu küssen, sein Rad war zwischen ihnen. Micha konnte nichts sagen. Er fühlte Iris' warme Lippen, sein Mund öffnete sich, da spürte er ihre Zunge ... Mit einem Arm drückte er sie fest an sich, mit dem anderen hielt er sein Fahrrad fest.

Kissing to eternity
To eternity and back
Feel her sweet and lovely lips
Her Arms around my neck

„Wie süß du doch bist", murmelte Iris zwischen zwei Küssen.
„Mmm", seufzte Micha. Es war herrlich, von Iris geküsst zu werden.
„Au!" Iris befreite sich aus seiner Umarmung.
„Was ist?"
Sie lachte. „Dein Lenker drückt."
„Du hast Recht", meinte Micha und lachte jetzt auch. „Es ist viel zu viel zwischen uns."
Kurz darauf radelten sie nebeneinander her und Micha brachte Iris, trotz ihres Protests, bis vor die Tür. „Jetzt sei doch nicht so komisch. Ich werde doch wohl wissen dürfen, wo du wohnst."
„Ja, schon", sagte sie zögernd. Sie bogen in die Merellaan ein. „Hier ist es, Nummer sieben." Sie blieben vor dem Zaun eines großen Doppelhauses stehen, das ganz anders war als das Reihenhaus, in dem Micha wohnte.

„Und das Fenster dort oben, unterm Dach, ist mein Zimmer."
Micha sah nach oben. „Das mit den roten Gardinen?"
„Ja."
Jemand klopfte gegen die Fensterscheibe.
„Und der Vollständigkeit halber: Das ist meine Mutter." Iris nickte mit dem Kopf zum Haus.
Im Erdgeschoss stand eine blonde Frau am Fenster und winkte. Micha winkte zurück.
Die Frau öffnete das Fenster.
„Hallo, Mama", rief Iris. „Das ist Micha."
„Hallo, Micha", rief ihm die Frau zu. „Nett von dir, dass du Iris gebracht hast."
Micha wurde rot. „Gern geschehen", antwortete er. Er fand, dass das ziemlich trottelig klang, aber Iris' Mutter lachte ihm zu und schloss das Fenster.
„Nette Frau!"
Iris nickte. „Manchmal ein bisschen zu nett."
„Wieso zu nett?"
„Erklär ich dir ein anderes Mal."
„In Ordnung. Ich erinnere dich dran."
„Okay!" Iris grinste.
„Jetzt weiß ich jedenfalls, wem du ähnlich bist."
„Oh, ja?" Iris hielt den Kopf schief.
„Ja, deiner Mutter. Ich habe mir heute deinen Vater genau angesehen. Dem ähnelst du kein bisschen."
„Zum Glück. Wenn ich dir noch einen guten Rat ge-

ben darf: Beachte ihn am besten gar nicht. Das versuche ich jedenfalls.“ Sie beugte sich zu ihm und gab ihm einen Kuss auf die Wange. Einfach so, direkt vor ihrem Haus. Das war das Letzte, womit Micha gerechnet hatte. Erst durfte er sie noch nicht einmal nach Hause bringen und dann … Verwirrt sah er sie an.
„Tschüs“, rief sie ihm zu und fuhr auch schon die Einfahrt entlang.
„Tschüs“, rief Micha zurück. Hinter dem Fenster winkte Iris’ Mutter. Micha hob ebenfalls die Hand, winkte und sprang aufs Rad.

Smiling like a zombie
Cycling down the street
Smiling to the baker
In the bakery

Er sauste die Merellaan entlang. Auf der Ecke zur Molenlaan konnte er im letzten Moment noch abbremsen, gerade rechtzeitig, um einem entgegenkommenden Radfahrer auszuweichen. „Shit!“, rief Micha. Er verlor das Gleichgewicht und sprang vom Rad. Aus den Augenwinkeln konnte er sehen, wie auch der andere Radfahrer schwankte und sich schnell mit den Füßen auf dem Boden abstützte. Es war ein grünes Klappfahrrad. Er sah ein Bein in einer dunkelgrauen Hose, einen braunen Herrenschuh … „Oh, nein … Guten Abend, Herr van Benthem.“

„Ach nein, das darf doch nicht wahr sein." Herr van Benthem hatte sein Gleichgewicht wieder gefunden und sah Micha wütend an. „Würdest du bitte, wenn du hier schon unbedingt entlangfahren musst, das nächste Mal langsamer fahren?"

Micha nickte. Typisch van Benthem, fand er. Selbst in so einer Situation spricht der noch in Schachtelsätzen. Micha machte Anstalten weiterzufahren.

„Und würdest du es bitte unterlassen, bei jeder Gelegenheit, die sich dir bietet, shit zu rufen?!"

Micha biss sich auf die Innenseite seiner Wange. „In Ordnung", sagte er. „Ich werde versuchen, darauf zu achten." Er stieg auf sein Rad und fuhr so ruhig wie möglich weiter.

Damn your silly father
Baby, I don't care
I had a little accident
Somehow, someday, somewhere

Er wagte es nicht sich umzusehen, aber er konnte wetten, dass ihm van Benthem kopfschüttelnd nachsah.

5

Micha saß oben in seinem Zimmer und dachte an Timo, oder besser: Er dachte an die Band und an Timo. Er ackerte noch immer an dem Song. Die erste Strophe war fertig, aber ihm war noch immer keine Grundmelodie eingefallen. Und außerdem wurde es höchste Zeit für einen Titel. Wenn der Titel stimmte, war die Message des Liedes klar. Umgekehrt, überlegte er, bedeutete das: Wenn ein Song den falschen Titel hatte, verstand man nicht so schnell, wovon er überhaupt handelte. Eigentlich war der Titel eine Art Wegweiser.

Es musste etwas mit *Eternity* sein. Ewigkeit, ewig …, *kissing to eternity* – nein, das klang viel zu süß. Micha fragte sich zum hundertsten Mal, warum er sich von Timo das Songschreiben hatte aufdrücken lassen, als unten das Telefon läutete.

„Micha, Telefon“, rief seine Schwester Sigrid von unten hoch.

Timo war dran. „Es hat geklappt!“, brüllte er, sobald Micha den Hörer in der Hand und „Hallo“ gesagt hatte.

Micha riss sofort den Hörer weg von seinem Ohr. Als es einen Moment lang still blieb, fragte er vorsichtig: „Was, mit Nicky?"
„Nein", sagte Timo verärgert, „unser Auftritt. Wir dürfen spielen."
„Du meinst, bei dem Festival?"
„Ho, ho, erst mal in der Vorrunde, natürlich."
„Yes!" Jetzt war es Micha, der brüllte. „Dann die Vorrunde. Das ist uns doch egal!"
„Ich hab ein Demo geschickt, weißt du noch?" Timo klang sehr zufrieden.
„Ja, klar! Ich dachte, davon hören wir nie wieder was."
„Na ja, heute lag der Brief im Briefkasten: Am 29. November spielen wir, nachmittags um 16 Uhr."
Micha rechnete. „Dann haben wir noch ungefähr einen Monat."
„Stimmt." Timo schaltete seine Stimme auf Nachrichtensprecher um. „Die beiden besten Bands aus jeder Vorrunde dürfen auf dem ‚Festival der Provinzen' spielen. Und die beiden besten davon dürfen dann beim ‚Großen Preis' spielen."
„Dann müssen wir uns schnell einen guten Namen einfallen lassen", fand Micha.
„Ja, und nicht nur das, auch ein eigenes Stück."
„Weiß ich!"
„Bist du schon weit?", fragte Timo. „So langsam wird's Zeit."

„Ja, ja. Schon", sagte Micha zögernd. „Es ist bald fertig."

„Gut! Und sag mal, der Name *The Longnecks*", Timo machte eine Pause, „war das ernst gemeint?"

Micha grinste. „Wenn du einen besseren weißt ..."

„Mal sehen, was mir einfällt. Ich ruf jetzt Eric und Jeffrey an. Ciao!"

Micha legte auf. Tief aus seinem Bauch brodelte etwas nach oben. Er öffnete den Mund, und heraus kam ein Siegesschrei, der durchs Treppenhaus hallte.

„Was ist denn da los?", rief Kees überrascht aus der Küche.

„Wir sind in der Vorrunde!" Micha starrte die Wand hinter dem Telefon an. Plötzlich wusste er es. *Fly to Eternity*, so musste der Song heißen. Jetzt fehlte nur noch der Bandname.

„Wisst ihr nicht noch einen guten Namen?", fragte Micha beim Abendessen.

„Wieso, gefällt dir Micha nicht mehr?", spottete Sigrid.

„Sehr witzig! Nein, ich meine für die Band."

„Ach, für die Band ...", sagte Sigrid langsam.

„Die *Drumsticks*", schlug sein Vater vor und zeigte dabei auf die Hühnerkeule auf seinem Teller.

„Oder *The French Beans*", meinte Anneke lachend und spießte eine Bohne auf die Gabel.

„Ihr seid eine super Hilfe!", murrte Micha.

„Wieso nennt ihr euch nicht *The Lover Boys*?“, schlug Sigrid kichernd vor.
„Schon gut!“, seufzte Micha. „Dass von dir nichts Vernünftiges zu erwarten ist, war mir klar.“

Abends in seinem Zimmer lief es noch immer nicht besser – er konnte sich einfach nicht konzentrieren. Der bevorstehende Auftritt ging ihm nicht aus dem Kopf, außerdem wollte er jetzt sofort den Text fertig schreiben und über einen Bandnamen nachdenken.

Cause you and I
We can fly
To eternity

Er erschrak, es wurde an seine Tür geklopft.
„Darf ich reinkommen?“, fragte Kees und steckte seinen Kopf durch die Tür. Micha drehte sich um und sah auf die Uhr, die auf dem Regal über seinem Bett stand. Es war Dienstagabend, neun Uhr. Er konnte sich nicht erinnern, wann sein Vater das letzte Mal einfach so abends in sein Zimmer gekommen war. Meistens hing Kees um die Zeit vorm Fernseher oder er saß hinterm Schreibtisch und arbeitete.
„Natürlich.“ Micha nickte schnell. „Ist dir ein guter Name eingefallen?“
„Das überlasse ich lieber dir“, murmelte Kees und schloss leise die Tür.
„Schläft Sigrid schon oder warum bist du so leise?“

Kees schüttelte den Kopf.
Micha ließ seinen Vater nicht aus den Augen. „Hauptsache, du fängst nicht über die Fünf in Erdkunde an." Er tippte mit dem Finger auf das aufgeschlagene Buch vor ihm.
„Wouters lässt mich Nachprüfung machen. Ich darf den Test noch mal schreiben."
„So, macht er das öfter?", fragte Kees, ging ein paar Schritte ins Zimmer und sah flüchtig auf Michas Schreibtisch.
„Nein, eigentlich nicht. Wouters ist einfach okay." Micha grinste. „Er meinte, ich sei abgelenkt gewesen."
„Hm." Kees stand am Fenster und sah in den Vorgarten. „Wir sollten am Wochenende ein paar Äste vom Kirschbaum absägen. Das Ding nimmt hier in deinem Zimmer viel zu viel Licht weg, findest du nicht?"
„Ja, doch." Micha sah auf sein Erdkundebuch, noch zehn Seiten. Er drehte sich um. „Bist du deswegen gekommen?"
„Ja." Kees nickte. „Sollen wir Samstagmorgen sagen?"
„Muss ich zum Fußball."
„Ach, ja. Stimmt. Na, dann mittags, direkt nach dem Training."
„In Ordnung."
„Gut." Kees steckte die Hände in die Hosentaschen und ging langsam zur Tür zurück.
Micha wollte sich wieder in sein Buch vertiefen, da

drehte sich Kees um. „Durch was, meinte Wouters, seist du denn abgelenkt gewesen?“
Micha grinste. „Durch Iris natürlich!“
„Und? Stimmte das?“
„Ach, es geht. Und jetzt lass mich bitte in Ruhe, ich bin gleich fertig.“
Kees zögerte. „Da wir gerade von Iris sprechen, wie lange seid ihr denn schon zusammen?“
„Zwei Monate.“ Micha brauchte keine Sekunde nachzudenken, er hatte den ersten Tag in seinen Kalender eingetragen.
„Hm …“
„Wieso fragst du?“
„Na, weißt du, deine Mutter und ich haben gestern darüber gesprochen, dass …“
„Oh, nein, doch nicht etwa …“ Micha runzelte die Stirn.
„Was, doch nicht etwa …?“
„Nichts, schon gut.“ Micha merkte, wie er rot wurde.
„Nun sag schon, worüber habt ihr gesprochen?“
„Dass wir natürlich nicht wissen, was ihr alles miteinander anstellt, aber wenn …“
Micha sah auf. Kees stand so verlegen da, dass Micha lachen musste.
Sein Vater grinste jetzt auch. „Na ja, du weißt schon. Ich habe was für dich gekauft.“ Er nahm seine Hand aus der Hosentasche und warf ein rotes Päckchen auf den Schreibtisch. *Durex Fetherlite* stand darauf.

„Mensch, Pa, die sind sauteuer!"
„Das kannst du laut sagen. Der Preis ist ganz schön gestiegen, seit ich die das letzte Mal gekauft habe." Kees sah jetzt viel entspannter aus. „Aber ... wieso kennst du dich denn mit den Preisen aus? Hast du die etwa schon?"
Micha zuckte mit den Schultern. „Nein, das nicht."
„Micha", Kees sah ihm in die Augen, „ihr müsst natürlich nicht miteinander schlafen, aber wenn ihr es tut, dann benutzt sie. Okay?"
„Ja, geht klar!" Micha schielte auf das zweite Kapitel in seinem Erdkundebuch.
„Und nur, wenn ihr beide es wirklich wollt."
„Hm."
„Der Moment kommt von ganz allein. Es muss natürlich nicht gleich alles auf einmal passieren. Es sollte für beide schön sein. Oder habt ihr schon?"
„Himmel, Papa! Jetzt reicht's aber", platzte Micha heraus. „Ich bin wirklich froh, dass ihr mich so modern erzieht, aber jetzt reicht's."
Kees hob lachend die Hände in die Luft. „Okay, okay. Den Rest weißt du ja, nicht wahr?"
„Jaaa!"
„Gut, dann kann ich ja jetzt ruhigen Gewissens nach unten zu deiner Mutter gehen."
„Prima." Micha nickte. „Das ist eine gute Idee."
„Bis später, Junge." Kees zog die Zimmertür hinter sich zu.

Micha starrte auf die Packung, bis sie vor seinen Augen zu einem roten Fleck verschwamm. Wo hatte sein Vater die wohl gekauft? In der Drogerie in der Dorpstraat? Er nahm die Packung in die Hand und drehte sie um. 12 Stück stand darauf. Zwölfmal.

Twelve times
Happy with you …

Und dann ein Gitarren-Solo …
Ein merkwürdig verträumtes Lächeln erschien um seinen Mund. Er sah sich im Zimmer um. Wo, um Himmels willen, verwahrte man solche Sachen? Er musste auf alle Fälle dafür sorgen, dass sie Sigrid nicht in die Hände fielen. Die überrumpelte ihn in letzter Zeit ziemlich oft mit ihren spitzen Bemerkungen. Er ging zum Wäscheschrank und zog eine Schublade auf. Zwischen die Pullover? Oder zu den Socken und Unterhosen? Er entschied sich für das Letztere. Er warf die Packung hinein und zögerte. Dann legte er ein Paar Boxershorts darüber und schloss schwungvoll die Schublade.
Als er sich umdrehte, fiel sein Blick auf die Fußballlampe, die pompös in der Mitte seines Zimmers hing. Es wurde Zeit, dass er eine neue Lampe bekam, fand er. Darüber musste er gleich mal mit Anneke reden. Obwohl … Micha erinnerte sich, wie verlegen Kees gerade noch in seinem Zimmer gestanden hatte. Wahr-

scheinlich ist es klüger, morgen mit solchen Wünschen zu kommen, denn dann konnte er sicher sein, dass er keinen knallroten Kopf bekommen würde, wenn Anneke ihn ansah.

Micha widmete sich wieder seinem Erdkundebuch, das offen vor ihm lag. Man musste sich wirklich fragen, wer ihn mehr ablenkte: Iris oder sein Vater. Es würde jetzt auf jeden Fall ganz schön schwer werden, sich auf die letzten zehn Seiten zu konzentrieren.

6

Als Micha die Tür zum Übungsraum öffnete, ertönte lautes Jubelgeschrei. Für einen kurzen Moment dachte er, dass es ihm galt, aber dann sah er den Brief, mit dem Jeffrey herumwedelte, und ihm war alles klar.
„Unser Durchbruch!“, rief Jeffrey. „Jetzt geht's los.“
Micha lachte. Wenn jemand geradezu fanatisch von der Band begeistert war, dann war es Jeffrey. Schnell stellte er seine Gitarre ab. „Lass mal sehen.“
Jeffrey hielt ihm den Brief unter die Nase. „Da steht es schwarz auf weiß, Mann!“ Er schien es kaum glauben zu können.
Micha überflog die Zeilen. Tatsächlich, da stand es: 29. November, um 16 Uhr im *Loods*. Dann fiel sein Blick auf etwas anderes. Fragend sah er Timo an. „*The Cartesius Schoolband?*“
Timo runzelte die Stirn. „Irgendwas musste ich doch in das Formular schreiben.“
„Aber *Schoolband* klingt nun wirklich ziemlich kindisch!“
„Na, dann denk dir doch was Besseres aus!“

„*The Flash*“, sagte Jeffrey.
„Gibt’s schon!“, kommentierte Eric.
„*The Yellow Frogs*“, sagte Timo.
„Gelbe Frösche?“ Eric sah Timo angeekelt an.
„War ’ne Idee von meinem Bruder“, murmelte Timo.
„*The Freckles*“, sagte Micha.
„Die was?“ Alle sahen Micha an.
Er fühlte schon wieder das Blut in seinen Kopf steigen.
„*The Freckles*“, sagte er noch einmal und versuchte, es wie die normalste Sache der Welt klingen zu lassen.
Timo packte einen Stift. „Wie schreibt man das?“
„F-R-E-C-K-L-E-S“, buchstabierte Micha.
„Und was heißt das?“, fragte Eric, der über Timos Schulter mitgelesen hatte.
„Ach, weiß ich nicht genau. Ich hab’s in einem Lied im Radio gehört.“
Micha bückte sich und zog umständlich den Reißverschluss seiner Gitarrenhülle auf.
„Welches Lied?“, wollte Timo wissen.
„Weiß ich auch nicht mehr.“ Micha packte seine Gitarre am Hals und zog sie heraus. „Und, gefällt euch der Name?“
„Ja!“ Jeffrey schien begeistert. „*The Freckles* klingt doch gut.“
Micha nickte, auch wenn er wusste, dass Jeffrey einfach nur froh war, dass die Band endlich einen Namen hatte. *Yellow Frogs* hätte er wahrscheinlich genau so gut gefunden.

„Okay, das ist also geregelt. Sollen wir anfangen?“
„Wartet, wartet.“ Das war wieder Timo. „Ich geb ja zu, dass es ganz gut klingt, aber ich will erst noch nachsehen, was es bedeutet.“
Micha spielte ein paar Akkorde auf seiner Gitarre. „Wie viele Nummern dürfen wir spielen?“, fragte er und versuchte dabei Timos Blick auszuweichen.
„Zwei“, antwortete Eric.
„Dann spielen wir ein *Cover,* finde ich, eine fetzige Rocknummer oder so. Davon haben wir genug. Und dann noch ein ruhiges Stück, mehr Richtung Ballade.“
„Eine Ballade!“ Jeffrey verzog das Gesicht.
„Na, ja … ein gefühlvolles Stück“, meinte Micha.
„Er meint ein Liebeslied“, sagte Timo, der sich seinen Bass umhängte.
„Fast alle Popsongs sind Liebeslieder“, stellte Micha fest.
„Das stimmt“, sagte Eric.
„Aber du solltest doch was schreiben.“ Jeffrey war überrascht.
„Ja.“ Michas Herz schlug plötzlich bis zum Hals. „Das hab ich auch. Oder besser gesagt“, fügte er schnell hinzu, „ich bin noch dabei.“
„Man merkt, dass du nicht auf unserer Schule bist, Jeffrey.“ Timo grinste.
„Wieso?“, wollte Jeffrey wissen.
„Unser Sänger ist verliebt, verstehst du?“

„Ach so!“ Jeffrey lachte und schlug Micha mit dem Drumstick auf den Kopf. „Solang es nicht zu soft wird und … ein gutes Solo für mich drin ist.“
„Du kannst ganz beruhigt sein. Wenn ich was schreibe, wird es gut.“
„Darauf würde ich nicht wetten“, brummte Timo.
„Hey, Mann. Hör auf zu meckern“, schaltete sich Jeffrey ein. „Lass den Jungen mal machen!“
„Ein verliebter Sänger? Na, macht euch auf was gefasst!“, seufzte Timo.
Micha bekam schon wieder einen roten Kopf. „Was hat das denn damit zu tun?“, rief er.
Aber als er sich zu den anderen umdrehte, hätte er sich am liebsten auf die Zunge gebissen. Timo, Jeffrey und Eric sahen ihn breit grinsend an. „Shit!“ Schnell beugte er sich über seine Gitarre und fing an, sie bei voller Lautstärke zu stimmen.
„Okay, Jungs. Fangen wir an?“, fragte Eric vom Keyboard aus.
Micha zog den Mikrofonständer ein Stück heraus, bis er die richtige Höhe hatte, drehte ihn fest und fragte: „Ist das Mikro eingestöpselt?“
Timo nickte.
„Test, Test.“ Michas Stimme hallte durch den Übungsraum.
„Weniger Bass“, rief Eric.
„Gut.“ Micha spürte, dass er wieder alles unter Kontrolle hatte. „Lasst uns zuerst das Stück von *The Trust*

spielen. Das von letzter Woche. Vielleicht ist es was für die Vorrunde."
Scheinbar war sich jeder über den Ernst der Lage bewusst, denn die Atmosphäre veränderte sich schlagartig.
„Fertig?", fragte Jeffrey.
Zwei Sekunden lang war es im Übungsraum totenstill. Jeder wartete auf das Abzählen von Jeffrey mit den Schlagstöcken.
Da waren die kurzen Schläge, Holz auf Holz. Eins, zwei, drei, vier ...
Eric setzte mit seinem Keyboard ein und zwei Takte später Timo und Micha. Es war ein schnelles Stück, bei dem sich Micha konzentrieren musste. Das Intro klang schon ganz gut.
„*An earthquake, shocking as an earthquake* ...", sang Micha nach den ersten zwölf Takten. Bei dem Wort Earthquake versuchte er, seine Stimme hochgehen zu lassen, so wie der Sänger von *The Trust* es tat, als er noch lebte.

„Okay, Jungs", sagte Timo eine Stunde später, „bis hier. Wir müssen gleich raus."
„Das letzte Stück war katastrophal", schimpfte Eric. „Der Rhythmus stimmte überhaupt nicht und ..."
„Das müssen wir alle zu Hause noch mal üben", unterbrach ihn Timo. „Sollen wir dann nächste Woche entscheiden, welche Stücke wir nehmen? Micha, schaffst

du es, deinen gefühlvollen Song bis nächste Woche fertig zu kriegen?"

„In einer Woche?" Micha zog ein verzweifeltes Gesicht.

„Na, gut. In zwei Wochen. Aber dann muss er wirklich fertig sein!"

„Ich tu mein Bestes!"

Jeffrey lachte. „Sonst machst du's zur Not halt mit weniger Gefühl!"

„Ich seh, wie weit ich komme, okay?"

„Hast du schon einen Titel?", wollte Eric wissen.

„Ja." Micha zögerte. „*Fly to Eternity*", verriet er dann aber doch.

„Bestimmt 'nen Spacecake gegessen", murmelte Timo.

„*Fly to Eternity*", wiederholte Jeffrey. „Klingt gar nicht so übel."

„Ich bin noch nicht sicher", sagte Micha schnell.

Es klopfte laut an der Tür. „Da ist schon die nächste Band", sagte Eric. „Wie spät ist es denn überhaupt?"

Micha sah auf seine Uhr. „Neun."

Es wurde noch mal geklopft, diesmal lauter.

Jeffrey brüllte: „Jetzt mal ganz ruhig! Wir kommen ja schon."

Die Tür flog auf. Im Gang stand eine Gruppe Jugendlicher, die schwarze Motorradjacken trugen und darüber ärmellose Jeansjacken. Sie sahen aus, als würden sie

keinen Spaß verstehen. Micha erkannte den Ersten von ihnen, Bas de Vries, der plötzlich auch so eine Jeansjacke über seiner Lederjacke trug. „Haut ab“, sagte er. „Wir haben nicht stundenlang Zeit.“
„Ganz ruhig“, sagte jetzt auch Timo. „Wir sind schon fertig.“
Aber die anderen drängelten sich bereits herein.
„Sympathische Jungs!“, meinte Eric sarkastisch, als sie draußen waren.
„Typisch Heavy Metal“, stellte Jeffrey gelassen fest. „Die sehen gern ein bisschen gefährlich aus.“
„Vor allem Bas“, sagte Micha. „Der hat ja so getan, als ob er uns nicht kennt.“
Jeffrey zuckte mit den Schultern. „Bei mir in der Schule gibt es eine Menge von den Typen. Einfach im eigenen Saft schmoren lassen. Hey, Leute, wir sehen uns nächste Woche.“
Er hob die Hand und ging.
„Bis nächste Woche.“
„Ciao!“ Eric sprang aufs Rad und fuhr davon.
„Eins musst du mir aber noch verraten“, sagte Timo zu Micha. „Wie kommt es, dass du weißt, wie man Freckles schreibt, aber nicht, was es bedeutet? Und dann hast du es auch nur gehört, in einem Lied.“
„Tja“, sagte Micha und verkroch sich in seiner Jacke. „Das ist tatsächlich eine sehr gute Frage. Da muss ich mal drüber nachdenken.“

„Ich bin's!", rief Micha, als er eine Viertelstunde später die Haustür hinter sich zuzog.
„Hallo", tönten die Stimmen von Anneke und Kees aus dem Wohnzimmer. Micha stellte die Gitarre neben der Treppe ab und ging in die Küche, um sich ein Glas Milch zu holen. Nach den Proben fühlte sich sein Hals vom Singen immer an wie eine grobe Feile. Mit einem vollen Glas ging er ins Wohnzimmer.
„Na, gut geübt?", fragte Anneke und sah auf. Sie saß am Computer und korrigierte einen Text.
„Ja, gut gespielt!", sagte Micha mit Betonung auf gespielt.
„Dürfen wir uns euren Auftritt auch ansehen?", fragte Kees über den Rand der Zeitung hinweg.
Micha nickte. „Nichts dagegen, aber vorläufig sind wir noch nicht so weit."
„Habt ihr denn jetzt einen Namen?"
„*The Freckles*."
„Die was?" Anneke und Kees sahen ihn beide verwundert an.
Micha grinste. „Das ist ja das Schöne", sagte er, als er ihre Gesichter sah. „Niemand weiß, was es heißt." In drei Zügen leerte er sein Glas. „Ich geh nach oben."
„Ach ja, Micha", sagte Anneke, während sie weiter auf den Bildschirm sah, „hast du den Film *The Superior Limit* schon gesehen?"
„Ja, schon vor einer Weile, zusammen mit Iris."
„Ist er gut?"

„Total spannend!“, sagte Micha, obwohl er sich mehr an Iris als an den Film erinnern konnte.
„Gut, Kees, dann gehen wir Samstagabend auch rein, einverstanden?“
„Meinetwegen“, hörten sie Kees hinter der Zeitung murmeln.
Anneke schaute zur Seite. „Hör mal, du musst nicht!“, sagte sie. „Ich dachte, es wäre ganz schön, mal wieder zusammen irgendwo hinzugehen. Das haben wir seit den Sommerferien nicht mehr gemacht.“
„Ja, ja, natürlich!“, beeilte sich Kees zu sagen. „Wie hieß der Film doch gleich?“
Anneke seufzte. „Das erfährst du Samstagabend. Ich reserviere dann die Karten.“
„Ihr glaubt hoffentlich nicht, dass ich zu Hause bleibe und auf Sigrid aufpasse“, sagte Micha. „Die ist inzwischen alt genug, um auf sich selbst aufzupassen.“
„Sigrid will bei einer Freundin schlafen“, sagte Anneke abwesend, weil sie sich schon wieder auf ihren Text konzentriert hatte.
„Dann ist ja gut. Also, ich geh nach oben.“ Micha rannte die Treppe hoch. Er wollte nicht, dass seine Eltern seinen roten Kopf bemerkten.

7

Micha wartete bis Freitag, bevor er Iris fragte.
In der Pause zupfte ihn Timo am Ärmel. „Ich hab nachgesehen, was freckles heißt“, sagte er.
„Ach ja.“ Micha zeigte sich nicht besonders interessiert. „Und?“
Timo sah ihn prüfend an. „Du wirst staunen.“
„Was hattest du auch wieder vorgeschlagen?“, spottete Micha und lachte. „*The Yellow Frogs*?“
„Schon gut“, meinte Timo, „das war wirklich nichts. Ich überleg noch mal. Aber *The Freckles* …“ Er schüttelte den Kopf.
Während Micha mit Timo sprach, behielt er Iris im Auge. Sie redete schon die ganze Zeit mit Dunja und hatte ihn bisher kaum beachtet. Dabei redeten sie über so etwas Belangloses wie neue Schuhe.
Micha zog sie kurz zu sich. „Ich muss dich gleich noch was fragen“, flüsterte er ihr ins Ohr. Iris nickte flüchtig und drehte sich wieder zu Dunja. Micha bezweifelte, dass sie ihn verstanden hatte, aber als die Pausenklingel läutete und alle reingingen, drehte sie sich zu ihm um.

„Was meintest du gerade?"
Micha stockte. Die ganze Pause lang hatte er die Frage, die er ihr stellen wollte, im Kopf heruntergebetet. Aber jetzt, wo Iris ihm direkt in die Augen sah, schienen ihm die Worte im Halse stecken zu bleiben. Er räusperte sich. „Hast du Lust, morgen Abend bei mir vorbeizukommen?"
„Zu dir?" Iris war überrascht. „Wir gehen nicht in die Kneipe?"
„Doch, schon ..." Micha zögerte. „Vielleicht später."
„Schon gut. Mir ist es egal."
„Abgemacht!" Micha platzte so schnell damit heraus, dass Iris ihn verwundert ansah.
„Ist was?"
„Ach, nichts ..."
„Na, ich weiß nicht ..."
„Also gut. Meine Eltern sind morgen Abend im Kino." Die Worte sprudelten aus ihm heraus und er machte noch nicht einmal den Versuch, seinen roten Kopf zu verstecken. Aber Iris sah ihn gar nicht an. Sie hatte einen Fleck auf dem linken Ärmel ihres Pullis entdeckt und war damit beschäftigt, den wegzubekommen.
„Okay, in Ordnung", sagte sie plötzlich, ohne aufzusehen.
Micha sah zur Seite, sein Herz schlug wie wahnsinnig. Iris war noch immer intensiv mit dem Fleck auf ihrem Pulli beschäftigt. Er hatte furchtbare Lust, sie zu

küssen, aber er beherrschte sich und stupste sie stattdessen in die Seite. „Komm", sagte er und sprang auf, „rennen!"

„Micha, gehst du heute Abend noch weg?", fragte Anneke am nächsten Abend. Sie stand im Flur und besah sich im Spiegel. Micha kniete vor dem CD-Spieler im Wohnzimmer und suchte Musik aus. „Ich glaube schon. Wieso?"
Anneke murmelte etwas Unverständliches.
„He, wie?"
„Entschuldige, ich war dabei, mir die Lippen anzumalen", sagte sie, als sie ins Zimmer kam.
„Wow, du siehst toll aus!"
Anneke lachte. „Du sagst das gerade so, als ob du es nicht für möglich gehalten hättest. Trotzdem, danke! Ein Kompliment von meinem Sohn ist mir immer willkommen."
„Du hast ja eine neue Jeans an."
„Ja! Dass dir das auffällt."
Micha lachte. Er genoss solche Gespräche mit seiner Mutter, die eigentlich über gar nichts gingen. Das lenkte ihn für einen Moment von seinen Gedanken ab. „Was wolltest du denn gerade sagen?"
„Oh ja, dass du die Tür bitte gut abschließt, wenn du heute Abend gehst. Ich meine beide Schlösser, oben und unten."
„Mach ich." Micha warf einen Blick auf die Uhr. Es

war halb acht, in einer halben Stunde würde Iris kommen. „Müsst ihr denn nicht los?"
Anneke nickte. „Du hast Recht." Sie ging in den Flur. „Kees, beeil dich!", rief sie nach oben.
„Ja, ja." Kees kam die Treppe herunter. „Tschüs, Micha", sagte er und steckte den Kopf um die Ecke. Eine Wolke After Shave wehte ins Zimmer.
„Viel Spaß", rief Micha, ohne aufzusehen. „Und nicht nach dem Film ins *Slof* gehen!"
„Wieso nicht?", wollte Kees wissen.
„Darum nicht!", antwortete Micha. „Verbotenes Terrain für Eltern."
„Keine Angst!" Anneke lachte. „Wir gehen woandershin. Bis dann."
Die Tür fiel ins Schloss. Micha sah auf und lauschte. Er hörte ihre Schritte auf dem Kiesweg. „Weg!", sagte er leise. Er holte tief Luft, nahm eine Sammel-CD mit Rocktiteln aus den Achtzigern aus der Hülle und legte sie auf. Die Musik wummerte aus den Boxen. Er sprang auf, fing zu tanzen an und sang lauthals mit. So laut, dass seine Stimme nicht mehr zitterte und er sein Herzklopfen nicht mehr hören konnte. Erst als ans Fenster geklopft wurde, hörte er auf. Es war Iris.
„Ich hab schon dreimal geklingelt", sagte sie lachend und kam herein.
„Entschuldige, ich hatte die Musik ziemlich laut."
„Das hab ich gemerkt! Es war bis draußen zu hören."

Micha sah sie erschrocken an. „Hast du da etwa gestanden und zugesehen?“
Iris nickte provozierend. „Natürlich.“ Sie zog ihre Jacke aus. „Mindestens fünf Minuten.“
Micha starrte Iris an und spürte, wie seine Gesichtshaut mal wieder die Farbe wechselte. Jetzt musste er ungefähr bei rosa sein.
„Du bist einfach süß, wenn du rot wirst!“ Iris lächelte ihn an.
„Ach, Lügnerin.“ Micha packte sie an den Armen und schüttelte sie.
„Hilfe! Erbarmen! Hier, nimm mir lieber die Jacke ab.“ Sie warf ihm die Jacke über den Kopf und flüchtete ins Wohnzimmer.
Micha ging ihr nach. „Möchtest du was trinken?“, rief er und versuchte die Musik zu übertönen.
Iris nickte und ließ sich vor den CDs auf die Knie fallen. Sie fischte eine heraus und fing an, die Rückseite zu lesen.
Micha stand in der Küche und goss Cola in zwei Gläser. Er fragte sich, worüber er wohl gleich mit ihr reden sollte. Komisch, diese Frage hatte er sich bisher noch nie gestellt. In der Schule quatschten sie oft stundenlang miteinander und ausgerechnet jetzt fiel ihm nicht mehr ein, worüber.
Sein Kopf glühte wie ein Hochofen. Er drückte sich die kalte Colaflasche erst gegen die Stirn und dann an die Wangen – es nützte nichts!

Micha gab's auf. Er nahm die beiden Gläser und ging zurück ins Wohnzimmer.
Iris hatte andere Musik aufgelegt, Micha merkte es sofort, als er reinkam. Eine tiefe Frauenstimme, begleitet von Gitarrenmusik, klang durchs Zimmer. Iris saß noch immer an der gleichen Stelle und sang leise mit.
„Iris?", fragte Micha und seine Stimme zitterte ein bisschen. „Sollen wir in mein Zimmer gehen?"
Sie nickte, legte die CD-Hülle zurück auf den Stapel, stand auf und ging hinter ihm aus dem Zimmer. Auf der Treppe versuchte sich Micha auf die beiden Cola-Gläser zu konzentrieren. Hinter seinem Rücken hörte er, wie Iris immer noch leise das Lied mitsang, das sie gerade aufgelegt hatte.
„Hier ist es." Mit dem Fuß drückte er die Tür auf und ging zur Seite. Die Cola schwappte heftig im Glas. Iris ging an ihm vorbei ins Zimmer und sah sich interessiert um. Michas Blick blieb an der Fußballlampe direkt über ihrem Kopf hängen. Hoffentlich sah Iris nicht zur Decke. Ihm fiel ein, dass er vollkommen vergessen hatte, mit seiner Mutter über eine neue zu sprechen.
„Na", versuchte er Iris abzulenken, „wie findest du meinen Computer? Es ist zwar der alte von meiner Mutter, aber er hat eine riesige Festplatte."
„Schön", war das Einzige, was Iris sagte. Sie stand noch immer direkt unter der Lampe. Micha spürte, wie

ihn der Mut verließ. Er hätte sich besser vorbereiten sollen, denn das hier wurde nichts! Er behandelte sie wie eine Wildfremde, der er sein Zimmer zeigen musste. Er ging zum Bett, stellte die beiden Gläser auf den Boden und ließ sich aufs Bett fallen. „Puh“, war das Einzige, was er herausbrachte.
Iris setzte sich schweigend neben ihn. Sie lehnte sich zurück, stützte sich dabei auf die Ellenbogen und sah zur Decke.
Oh nein, schoss es Micha durch den Kopf, jetzt sieht sie die Lampe! Jetzt denkt sie sicher …
„Gemütlich hast du's hier.“
Micha atmete aus, gerade so, als ob man Luft aus einem Ballon lässt. „Echt? Findest du?“
„Ja.“ Iris nahm ihr Glas und trank einen Schluck.
„Ich hätte gern eine andere Lampe und neue Stühle“, sagte er schnell.
Iris nickte und stellte ihr Glas zurück auf den Boden.
Micha versuchte ihr ins Gesicht zu sehen, was ihm nicht gelang, weil ihre Haare im Weg hingen. *Smiling like a zombie*, dröhnte es in seinem Kopf. Er fühlte sich wie ein Tollpatsch. Trotzdem streckte er seine Hand aus und strich ihr behutsam mit dem Finger eine Haarsträhne hinters Ohr.
Ihre Wange fühlte sich warm an, mindestens so warm wie seine. „Hey“, flüsterte er.
Iris sah vorsichtig auf.

Micha betrachtete ihr Gesicht. „Du bist ja verlegen", stellte er ungläubig fest.
„Nein", sagte Iris laut.
„Doch!" Micha lachte. „Du wirst rot." Verrückterweise schien diese Entdeckung dafür zu sorgen, dass er sich sicherer fühlte.
„Aber nicht so doll wie du!", rief Iris.
„Gar nicht wahr!" Er gab ihr aus Spaß einen Stups, sodass sie nach hinten aufs Bett fiel. Iris wollte sofort wieder hochkommen, aber Micha war schneller. Er kitzelte sie. Iris schrie auf und kitzelte ihn zurück.
„Nein, nicht!" Micha krümmte sich zusammen. „Hilfe!" Sie rollten übers Bett. Wie es kam, wusste Micha nicht, aber plötzlich lag Iris auf ihm.
„Gib zu, dass du schneller rot wirst als ich", flüsterte sie.
Micha sah die Sommersprossen auf ihrer Nase. „Okay", sagte er leise, „von mir aus. Ich werde hundertmal schneller rot als du." Er schlang seine Arme um sie und fing an sie zu küssen.
„Hm, wunderbar", flüsterte Micha wenig später.
„Was ist wunderbar?"
„Mit dir auf meinem Bett zu liegen und nicht wie sonst, draußen zu knutschen." Er streichelte mit der Hand über ihren Rücken und dann unter ihrem Pullover. „Ich kann dich überall spüren."
Iris nickte.
Micha schob seine Hand nach vorn, unter ihr T-Shirt,

und ließ sie über ihren Bauch hoch zu ihren Brüsten gleiten. Dort stieß er auf den BH.
Iris lächelte. „Soll ich meinen Pulli ausziehen?“
„Ja.“ Micha hatte es ganz leise gesagt.
Iris setzte sich auf und fing an, umständlich an den Ärmeln zu ziehen. Schnell setzte er sich ebenfalls auf und half ihr. Als der Pulli neben ihnen lag, lachte Iris verlegen und zog danach auch noch ihr T-Shirt aus. Da saß sie nun auf seinem Bett in einem weißen Sport-BH.
Micha küsste sie auf den Mund, seine Hände glitten nach hinten, auf ihren Rücken, wo er an dem Verschluss herumfummelte.
„Lass mich mal“, flüsterte sie. Ihre Hände verschwanden hinter dem Rücken, der BH glitt hinunter und …
Micha hielt die Luft an und staunte. So nah waren Iris’ Brüste, greifbar nah, als ob sie auf ihn warteten.
„Yeah“, sagte er einfach und beugte sich zu ihnen.
Aber Iris war schneller. Sie zog an seinem T-Shirt und sofort hielt Micha die Arme in die Luft. Als es ausgezogen war, sanken sie zurück aufs Bett.
Himmel, schoss es ihm durch den Kopf, wie nackt wir sind! Er küsste Iris und streichelte sie, wo immer er konnte. Micha war wie im Rausch.
„Wie findest du mich?“, fragte Iris verlegen.
Micha schluckte. „Wie ich dich finde?“ Sein Blick fiel auf ihre Brüste. Wie klein sie waren, fröhlich klein und

rund! Er streichelte sie. Sie waren so zart, unendlich zart. „Ich finde dich total klasse!", war das Einzige, was er herausbrachte. „Wirklich total klasse!"
Iris lächelte und strich ihm übers Haar.

You're marvelous, you're great
You're absolute spectaculous

„Sollen wir ...", fragte Iris leise, „... uns ganz ausziehen?"
Micha nickte.
Sie setzten sich gleichzeitig auf, um ihre Hosen aufzumachen. Plötzlich war Micha irgendwie unsicher. Er fühlte sich unbeholfen und traute sich nicht mehr so richtig, Iris anzusehen. Und jetzt?
Hastig zog er an seinen Hosenbeinen. Was war die Hose eng! Jetzt nur noch die Unterhose! Ruckartig drehte er sich zu Iris um. Sie sah ihn an. Entschlossen zog sie ihren Slip aus. Micha riss seine Boxer-Shorts herunter.
Iris musterte ihn und sagte kein Wort.
Micha fing an zu schwitzen. „Ich habe Kondome."
Iris nickte.
Er griff mit einer Hand unters Kissen und fischte eins heraus.
„Du hast sie schon bereitgelegt, Fiesling!" Iris lachte laut los.
Micha war überrumpelt und lächelte sie schief an. „Na-

türlich", sagte er, „was dachtest du denn?" Er holte das Kondom aus der Verpackung und sah es sich an. Die Gebrauchsanweisung hatte er vorher genau gelesen, aber er hatte nicht damit gerechnet, dass seine Hände zittern würden, vor allem jetzt, wo Iris interessiert zusah. „Guck mir nicht so auf die Finger."

„Wer ist hier schüchtern?" Iris kicherte.

„Puh." Micha sah mit hochrotem Gesicht auf. „Sitzt."

Vorsichtig kroch er zu ihr ins Bett. Sie sah ihn mit großen Augen an. „Du bist so lieb", sagte Micha, umarmte sie und sank mit ihr auf die Matratze zurück. Unglaublich, wie weich und zart Iris war. Mit einer Hand glitt er an die Stelle zwischen ihren Beinen ... da passierte es.

„Oh nein, das darf doch nicht wahr sein!", stöhnte er und blieb stocksteif liegen.

„Was ist?", klang Iris' Stimme irgendwo vom Kopfkissen her.

Langsam hob Micha den Kopf. „Ich bin schon gekommen", sagte er und seufzte.

Iris sah ihn überrascht an, dann kicherte sie und dann ... lachte sie laut los.

Micha drehte sich auf den Rücken und sah zur Decke. „Was bin ich doch für ein Idiot!", sagte er leise zur Fußballlampe.

8

Etwas später saßen sie zusammen im Wohnzimmer auf dem Sofa und sahen fern. Die Cola-Flasche stand griffbereit und Micha hatte eine Tüte Chips auf dem Schoß. Iris lehnte an seiner Schulter. Sie zappten durch die Programme, sahen sich die neusten Musikclips an und stießen auf eine Talkshow, in der Erwachsene über fehlende Moral bei Jugendlichen redeten. Ein blonder Mann mit Bart fand, dass Jugendlichen in der Schule mehr Respekt vor der Natur beigebracht werden müsste.

„Der ist ja wie mein Vater", kicherte Iris.

Micha lachte auch.

Der Mann im Fernsehen ähnelte mit seinen sauber gescheitelten Haaren und dem ordentlichen Bart van Benthem tatsächlich ein bisschen.

Neben ihm saß eine cirka fünfzigjährige Frau, die ununterbrochen nickte, egal was er sagte. Dann war sie dran. Jugendliche müssten während der Schulzeit ein Pflichtpraktikum im Altersheim absolvieren, um der Gesellschaft von Nutzen zu sein und Hilfsbereitschaft zu lernen.

„Du darfst wählen." Micha lachte. „Mathe oder ins Altersheim?"
„Pff, Unsinn", meinte Iris. „Als ob die alle Engel wären. Ich kenn mehr scheinheilige Erwachsene als Kinder."
„Wieso?" Micha stopfte erst sich selbst und danach Iris Chips in den Mund.
„Na, ja", redete sie mit vollem Mund weiter. „Hier große Reden schwingen, aber hintenrum ... Du müsstest mal sehen, was in unserem Viertel auf den Partys alles abgeht. Das ganze Getratsche übereinander und all die Verhältnisse, von denen keiner wissen darf, über die aber alle reden. Tagsüber stehen sie im Garten und harken die Erde ordentlich und abends lassen sie die Sau raus."
Micha sah sie überrascht an. „In eurem schicken Viertel?"
„Na klar. Das sieht alles nur so brav aus. Je später es wird, desto schlimmer wird es."
„Und van Benthem, ich meine, deine Eltern, machen die da auch mit?"
Iris schnaubte. „Mein Vater schafft es erst gar nicht bis zum Schluss."
„Wieso nicht?"
„Weil er dann besoffen ist."
„Besoffen? Van Benthem besoffen?"
Iris nickte. „Das ist er jedes Wochenende. Hast du deinen Vater denn noch nie betrunken gesehen?"

Micha dachte nach. „Also, Sylvester hatte er schon ziemlich einen im Tee. Meine Mutter übrigens auch. Aber sonst ... Nee, ich glaube nicht."
„Glückspilz. Gib mir mal die Fernbedienung." Iris streckte den Arm aus und zappte so lange, bis sie wieder bei den Musikclips war. „Guck, das ist das Neuste von *The Trust*." Sie fing an, ihren Oberkörper im Rhythmus zu bewegen. „Das ist der Typ, der sich umgebracht hat."
Micha sah auf den Bildschirm. „Das Stück spielen wir auch."
„Echt?"
Micha nickte. Er hörte aufmerksam zu. Bei *The Trust* klang das Stück viel straighter als bei ihnen. „Findest du es doof, was andere Leute über deinen Vater sagen?", fragte er plötzlich.
Iris zuckte mit den Schultern. „Selber Schuld", sagte sie bloß.
„Ja schon, aber es ist doch dein Vater."
„Na, und?"
Das Stück war zu Ende. Iris saß still da und wartete auf das nächste Lied. Micha gab auf. Es hatte keinen Zweck zu versuchen, mit Iris über etwas zu sprechen, wenn sie nicht wollte.
Sie starrten auf den Fernseher, wo ein Clip nach dem anderen kam. Auf einmal hatte Micha genug davon. Er umarmte Iris. „Fandest du das gerade blöd?"
„Was?" Iris drehte den Kopf zu ihm und sah ihn an.

Micha wurde rot. „Dass ich so schnell gekommen bin."
Iris lächelte. „Ach was." Sie schwieg einen Moment und sagte dann: „Übung macht den Meister!"
„Gute Idee." Micha schnappte sich blitzschnell die Fernbedienung und machte den Fernseher aus. „Komm!" Er sprang vom Sofa.
„Wo willst du hin?", fragte Iris.
Micha rannte die Treppe hoch. „Nach oben, was denkst du denn?"
„Warte auf mich!" Iris lachte und rannte ihm hinterher.
Im Flur blieb Micha stehen. „Ich schwör's", sagte er. „Diesmal warte ich auf dich."

„Wann kommen deine Eltern zurück?"
„Wie spät ist es jetzt?"
Iris setzte sich auf. „Zehn Uhr", sagte sie mit einem Blick auf den Wecker.
„Ach, der Film ist um halb zehn zu Ende, dann gehen sie noch was trinken. Ich denke, eine Stunde haben wir noch."
„Ich muss um halb elf zu Hause sein."
„Oh nein." Micha seufzte. „Kannst du nicht bleiben?" Er betrachtete ihren nackten Körper. „Was glaubst du, wie viele Sommersprossen du hast?"
„Insgesamt?" Iris lachte. „Keine Ahnung."
„Sicher tausend", schätzte Micha. „Weißt du was? Wenn wir mal Zeit haben, zähl ich sie alle."

„Okay." Iris grinste. „Dann brauchst du aber 'ne Weile."
„Kein Problem." Micha lachte und sah ihr tief in die Augen. „War es schön?"
Iris nickte.
„Ich hatte Angst, dir wehzutun."
„Es hat auch kurz wehgetan, am Anfang."
Micha kuschelte sich an Iris und suchte ihr Ohr. „Ich bin so glücklich", flüsterte er und traute sich nicht, sie dabei anzusehen.
Iris kicherte. „Das kitzelt." Sie lehnte sich über den Rand des Bettes, angelte sich ihren BH und das T-Shirt und zog sich an. „Bringst du mich gleich noch ein Stück?", fragte sie, als sie das T-Shirt über den Kopf zog.
„Natürlich." Micha stand auf. „Dann kann ich mich draußen ein bisschen abkühlen."

Nachdem er Iris weggebracht hatte, fuhr Micha noch ein Stück herum. Das war es also, dachte er. Jetzt wusste er, wie es ist, mit einem Mädchen zu schlafen. Einfach fantastisch!

Smiling like a zombie
Cycling down the street
Smiling to the baker
In the bakery

Am liebsten wäre er noch bei Timo vorbeigefahren, um es ihm zu erzählen. Er versuchte sich Timos Reaktion vorzustellen, wenn er plötzlich vor der Tür gestanden hätte. „Hör mal zu, Alter", würde er sagen. „Du bist vielleicht gerade auf dem Weg ins Bett, aber ich muss dir schnell noch was erzählen: Ich habe mit Iris geschlafen und es war klasse!" Micha merkte, wie sich seine Mundwinkel zu einem breiten Grinsen verzogen.
Nein, das ging nicht, so was machte man nicht. Trotzdem würde er es am liebsten der ganzen Welt erzählen. Es in die Zeitung setzen, es von einem Flugzeug in den Himmel schreiben lassen: *Iris ist einfach fantastisch!!!* Mit drei Ausrufezeichen dahinter. Er trat extra kräftig in die Pedalen.

Als er zehn Minuten später die Haustür aufschloss, war ihm noch immer nicht kühler. Im Flur wäre er beinah mit seinem Vater zusammengestoßen, der mit zwei Gläsern Wein in den Händen aus der Küche kam.
„Hey", sagte er so locker wie möglich. „Guter Film, nicht wahr?
„Na ja, gut …", sagte Kees.
Micha ging hinter ihm her ins Wohnzimmer. Seine Mutter saß mit angezogenen Beinen auf dem Sofa.
„Es war wirklich ein toller Film", seufzte sie. „Ich musste sogar weinen."

„Und du?“, fragte Kees. „Hattest du einen schönen Abend?“
Micha fühlte, wie ihn seine Gesichtsfarbe schon wieder verraten wollte.
„Na ja“, sagte er schnell, „ganz nett.“
„Sehr schön“, sagte Kees, so wie er oft „Sehr schön“ sagte. Aber diesmal machte es Micha ganz nervös.
„Nacht“, rief er und stürmte die Treppe rauf.
„Gute Nacht“, riefen seine Eltern im Chor zurück.
Als Micha ins Bett fiel, atmete er tief ein. Sein Bett roch nach Iris.

Loving all your freckles
To eternity

9

„Das habe ich ganz vergessen zu sagen“, meinte Micha, als sie ein paar Tage später in seinem Zimmer Hausaufgaben machten. „Die Band hat einen Namen.“

Iris hatte sich schon eine Weile über Mathe gebeugt, aber jetzt sah sie auf. „Oh ja, welchen denn?“

„*The Freckles.*“

„*The Freckles*?“ Iris zog die Augenbrauen hoch. „Was soll das denn sein?“

„Einfach der Name unserer Band.“

„Ha, ha! Was bedeutet es denn nun?“

„*Die Sommersprossen.*“

„Was?“ Beinah hätte Iris geschrien. „Das ist ein lächerlicher Name.“

„Wieso?“

„Na, weil …“ Iris suchte nach den richtigen Worten. „… eben darum!“

Micha musste lachen, als er Iris’ aufgebrachtes Gesicht sah. „Keine Angst. Kein Schwein weiß, was es bedeutet. Na ja, nur Timo. Der hat es im Wörterbuch nachgeschlagen.“

„Hat der sich das ausgedacht?“

„Nein, ich."
Iris runzelte die Stirn. „Ich finde das einen idiotischen Namen für eine Band."
Micha lachte noch lauter. „Du hast ja keine Ahnung, wie Timo uns nennen wollte: *The Cartesius Schoolband.* Das war natürlich das Allerletzte."
Iris reagierte nicht, aber er tat, als habe er nichts gemerkt. „Dann habe ich *The Freckles* vorgeschlagen", erzählte er im Plauderton weiter, „und alle fanden, dass das gut klingt. Versuch es doch selbst, sag mal laut: frrreckless." Micha wiederholte es ein paar Mal und ließ das R genüsslich rollen. Dabei beobachtete er Iris aus den Augenwinkeln. „Hörst du? Es liegt gut auf der Zunge und es klingt gut."
Iris reagierte nicht.
„Nur Timo wollte natürlich erst wissen, was es bedeutet." Micha grinste.
Iris schwieg und klopfte mit dem Ende ihres Stifts aufs Papier.
Ein unangenehmes Geräusch, fand Micha. Er fragte sich, warum sie sich nicht schon längst vor Lachen wälzte, und beschloss, noch eins drauf zu setzen. „Das Witzigste war, dass Eric die Zulassung für die Vorrunde nach der Probe mit nach Hause genommen hatte und die Infos noch mal durchgelesen hat. Er hat entdeckt, dass eventuelle Änderungen innerhalb einer Woche angemeldet werden müssen. Und weißt du was?" Micha konnte sich das Grinsen nicht verkneifen.

„Eric hat sofort die Organisatoren angerufen und *The Freckles* durchgegeben. Du hättest Timos Gesicht sehen sollen, als Eric uns das erzählt hat."

„Timo hat Recht", sagte Iris kühl. „Es ist ein idiotischer Name, und außerdem ist es überhaupt nicht lustig, so viele Sommersprossen zu haben." Iris klopfte noch lauter aufs Papier und starrte auf das Heft vor ihrer Nase.

Als Micha das sah, sprang er auf und wollte zu ihr. „Zufälligerweise finde ich deine Sommersprossen ganz toll."

„Ja, du!", sagte sie gereizt. „Jetzt los, Mathe machen." Sie beugte sich über ihr Heft und fing zu schreiben an.

Verdattert setzte Micha sich wieder und tat dasselbe. Er fragte sich, was er falsch gemacht hatte.

Ein paar Minuten lang blieb es still. Dann schmiss Iris den Stift hin. „Ich kann das nicht."

„Was?"

„Das! Mathe."

„Natürlich kannst du das. Ich zeig's dir, guck ..." Er zog sich ihr Heft heran und sah sofort: Es war die schwierige Aufgabe. Der hatte sich van Swinden heute im Unterricht auch schon gewidmet, obwohl er sich das genauso gut hätte sparen können. Nach seinen Erklärungen verstand überhaupt keiner mehr was.

„Lass!", zischte Iris. Mit einem Ruck schnappte sie sich das Heft und schüttelte so energisch den Kopf, dass ihre Haare wild umherflogen. Dabei strichen ein paar Strähnen über Michas Wangen. „Ich bin dafür zu blöd."

„Ach Quatsch!", rief Micha empört. „Van Swinden erklärt bloß viel zu schnell, der kann nicht unterrichten."

„Ja, ja, schon klar."

Iris' Laune besserte sich kein Stück. Plötzlich verstand Micha, was los war. Diese bescheuerte Matheaufgabe war natürlich schuld. Deswegen war sie so gereizt. Aus Spaß gab er ihr einen Klaps auf den Arm. „Ach komm!"

„Au!" Iris' Stimme überschlug sich beinah.

„Was ist denn? Das war doch nicht fest?"

Iris biss sich auf die Zähne. „Nein. Okay ... lass uns weitermachen mit Mathe."

„In Ordnung." Micha war verblüfft. „Ich wollt's dir ja bloß erklären. Aber gut, wenn du keinen Spaß mehr verstehst ..."

„Ach, hör doch auf."

Wieder so eine gereizte Reaktion. Plötzlich hatte Micha genug.

„Warum?" Jetzt war er derjenige, der ausflippte.

Iris sprang auf, ihr Stuhl fiel mit einem Knall nach hinten. „Wenn du so weitermachst, geh ich!"

Ihre Worte knallten ihm um die Ohren. Micha stand langsam auf. „Nun komm schon", sagte er zögernd. „Was ist denn los? Ich versteh gar nichts mehr."

„Na und? Du musst auch nicht alles verstehen." Sie packte ihre Tasche und stapfte zur Tür.
Aber Micha kam ihr zuvor. „Ach nein?", sagte er, während er sich schnell vor die Tür stellte und ihr den Weg versperrte. „Finde ich schon! Darf ich jetzt endlich erfahren, warum du so genervt bist? Ja oder nein?"
„Nein", sagte Iris scharf. „Das darfst du nicht!"
„Was?" Micha war sprachlos.
Iris sah auf den Boden und versuchte, ihn zur Seite zu schieben, aber er packte sie an den Armen.
„Au!", schrie Iris und schubste ihn von sich weg. „Hände weg!"
„Himmel, Iris", rief Micha erschrocken. „Was ist mit dir los?"
Iris sagte nichts. Sie starrte auf den Boden und atmete tief durch. So blieben sie eine Weile stehen. Unten im Haus ging die WC-Spülung, das Wasser rauschte durch die Rohre. Micha sah auf, das Herz schlug ihm bis zum Hals. Er sah Iris' blondes Haar. „Dann geh halt", sagte er und machte einen wütenden Schritt zur Seite.
Aber Iris rührte sich nicht.
„Iris?"
Iris sah auf. Zwei Tränenspuren liefen über ihre Wangen.
„Iris!" Micha ging zu ihr und legte einen Arm um sie.
Im selben Moment lehnte sich Iris erschöpft an ihn.

„Komm." Micha zog sie mit sich zum Bett und setzte sich. „Hab ich dir so wehgetan?"
Iris schüttelte den Kopf. „Nein", flüsterte sie. „Du nicht."
Micha sah sie schnell von der Seite an. „Wer dann?"
„Mein Vater."
„Wer?"
Iris schluckte; Micha hörte, wie ihre Stimme rau wurde.
„Mein Vater hat mich geschlagen."
Micha studierte ihr Gesicht: Er sah ihre grauen Augen, ihre Sommersprossen, ihre blonden Haare. „Warum?", fragte er leise.
Iris zuckte mit den Schultern. „Wegen nichts, eigentlich. Oder besser wegen allem."
„Darf ich mal sehen?" Ohne eine Antwort abzuwarten, zog er den Ausschnitt ihres Pullovers ein Stück über die rechte Schulter, weit genug, um ihren Oberarm zu sehen. Die Stelle, an der er sie gerade festgehalten hatte. Drei blaue Flecken waren da zu sehen, die an den Rändern gelb wurden. „Shit! Was ist passiert?"
Iris drehte den Kopf weg und starrte auf das Teppichmuster vor Michas Bett. „Er war betrunken", sagte sie leise.
„Wann?"
„Samstagabend."
„Als wir zusammen …" Micha schluckte. „Als du hier warst?"

„Ja." Iris nickte.
Micha sah sie verwirrt an. Er war an diesem Abend selig ins Bett gefallen, während Iris …
„Shit!", sagte er noch mal aus tiefstem Herzen.
„Mein Vater kann ganz schön aggressiv werden, wenn er trinkt. Eigentlich hält man dann besser den Mund. Aber …"
„… du hast was gesagt?"
Iris nickte. „Ja, blöd, nicht wahr? Weißt du, es war so ein schöner Abend gewesen und … als ich nach Hause kam, da stand mein Vater im Flur und war total betrunken und er … stank und ich wollte an ihm vorbeigehen. Ich wollte so schnell wie möglich ins Bett, allein sein, aber er lallte: ‚Sagst du deinem Vater nicht mal mehr Gute Nacht?'" Iris verzog das Gesicht. „Er torkelte. Ich hab mich vor ihm geekelt und wollte vorbei, und da hat er mich gepackt und gesagt: ‚Oder kannst du nur noch zu anderen Leuten nett sein?' Ich hab gesagt, er soll mich loslassen, aber da hat er mich nur noch fester gepackt und geschüttelt. ‚Du bist meine Tochter', hat er geschrien. ‚Du hast zu antworten, wenn ich dich was frage.'" Iris stockte, als ob sie nicht weitersprechen könne. „Dann kam meine Mutter in den Flur. Er gab mir einen Schubs und da bin ich gegen den Türrahmen geknallt. Dann hat es meine Mutter abgekriegt."
Micha starrte vor sich hin. War das wahr? Sprach Iris wirklich über van Benthem? Über den ordent-

lichen Mann in seinem tadellosen Anzug? Van Benthem, der so herablassend dreinschauen konnte, der den Eindruck erweckte, als würde er nie etwas falsch machen?

Iris schwieg. Sie saß zusammengesunken da und betrachtete den Teppich vor seinem Bett.

„Tut dir der Rücken weh?“, fragte Micha. Als sie nickte, schob er ihren Pulli hoch. „Verdammt“, sagte er, als er die Schürfwunde sah. „Was für ein Arschloch.“

Mit einem Ruck drehte sich Iris um.

„Entschuldigung“, stammelte Micha.

„Macht nichts.“ Iris versuchte zu lächeln. Das war das erste Mal an diesem Nachmittag.

„Was willst du machen?“

Iris zuckte mit den Schultern. „Nichts.“

„Nichts?“ Michas Stimme überschlug sich. „Bist du verrückt? Wir gehen zur Polizei.“

„Das lässt du bleiben!“ Iris wurde von einer Sekunde zur anderen wütend. „Siehst du, ich hätte es dir nicht erzählen sollen.“

„Aber willst du denn nicht, dass was passiert?“

Iris schüttelte den Kopf: „Nein.“ Sie sah ihn an. „Das verstehst du nicht. Das geht schon seit Jahren so.“

„Seit Jahren?“, wiederholte Micha, als sei er ein Echo.

Iris nickte. „Natürlich nicht jeden Tag. Meistens am Wochenende. Wenn mein Vater in die Schule muss, nimmt er sich natürlich in Acht.“

„Und deine Mutter?“
„Die ist verrückt.“
„He?“
Iris lächelte ein kleines Lächeln. „Na, ja, nicht wirklich natürlich. Aber sie lässt sich das seit Jahren gefallen. Wieso die sich nicht schon längst hat scheiden lassen …“
„Schlägt er dich oft?“
Iris schüttelte den Kopf. „Nein, meistens meine Mutter. Wenn wir Glück haben, ist er so besoffen, dass er im Sessel einschläft. Dann schläft er da seinen Rausch aus. Das sind die besten Wochenenden.“
„Aber so geht das nicht. Vielleicht schlägt er dich nächste Woche wieder.“
„Ich glaube nicht.“
„Und wieso glaubst du das nicht?“ Micha fühlte, wie er wütend wurde.
„Einfach so …“ Iris schwieg. Dann sah sie auf. „Meine Mutter will nicht, dass es jemand weiß.“
„Micha!“ Anneke rief unten an der Treppe. Micha sprang auf. „Ja?“, rief er durch den Türspalt.
„Wir wollen gleich essen. Und … muss Iris nicht nach Hause?“
Micha drehte sich um und sah, dass Iris bereits aufgestanden war. „Ich will nicht, dass du gehst. Bleib doch zum Essen.“
Iris schüttelte den Kopf. „Nein, ist schon gut.“ Sie sah ihn durchdringend an. „Micha?“

„Ja?“
„Was ich dir erzählt habe, ist echt streng geheim. Versprich mir, dass du es keinem weitererzählst.“ Iris sah so ernst aus, dass Micha nichts anderes übrig blieb, als zu nicken.
„In Ordnung“, flüsterte er mit kratziger Stimme.
Iris lächelte. „Komm“, sagte sie zärtlich.
Micha ging hinter ihr die Treppe hinunter. Ihre blonden Haare wippten bei jeder Treppenstufe hin und her. Als ob sie vergnügt tanzen würden, dachte Micha verwundert.
„Guten Abend, Frau van Empel“, sagte Iris höflich, als sie unten waren.
„Hallo, Iris.“ Anneke kam aus der Küche und lachte sie freundlich an.
Micha beobachtete die beiden von der untersten Treppenstufe aus und sah zu, wie Iris ihre Jacke anzog und mit seiner Mutter plauderte, als ob nichts los wäre. Plötzlich wurde ihm klar, dass er sich bis gerade noch eingebildet hatte, so ziemlich alles über Iris zu wissen. Welche Musik sie mochte und welche Bücher. Was ihre Lieblingskekse waren, welches ihr Lieblingspullover und welches ihre Lieblingshose war und wie ihre Handschrift aussah. Das Einzige, was er noch nicht wusste, war, wie viele Sommersprossen sie hatte. Und das hatte er schnell ändern wollen. War das lächerlich? Ja, auf einmal kam Micha das alles ziemlich lächerlich vor.

„Tschüs, Micha ... Micha!“ Er sah die lachenden Gesichter von Iris und seiner Mutter. „Ich hab dir schon zweimal tschüs gesagt“, sagte Iris und versuchte, die Empörte zu spielen.
„Echt?“ Micha grinste verlegen. „Bis morgen.“ Er öffnete ihr die Tür.
„Pssst“, flüsterte sie beschwörend, bevor sie ihm einen flüchtigen Kuss auf den Mund gab.
„Hm“, war das Einzige, was Micha herausbrachte. Es war ein leises Gebrummel, das überhaupt nichts bedeuten musste. Er fühlte den Kuss noch immer auf seinen Lippen und sah Iris nach, bis sie um die Ecke bog.

10

Abends, beim Fußballtraining, rannte sich Micha die Seele aus dem Leib. Mit strategischem Spiel hatte das wenig zu tun. Immer, wenn er den Ball sah, schoss er hinterher. Van Benthem spukte ihm durch den Kopf, genau wie Iris' blaue Flecken. Um nicht daran denken zu müssen, rannte er wie ein Bekloppter über den Platz. Er wollte all die furchtbaren Gedanken loswerden, aber je schneller er lief, desto schneller spulte sich auch der Film in seinem Kopf ab. Die blauen Flecken und das Gesicht von van Benthem wechselten in rasendem Tempo.

Die letzte halbe Stunde spielten sie sechs gegen sechs.

„Na, dann werden wir euch mal fertig machen", frotzelte Timo, der in der Gegenmannschaft spielte. Micha reagierte nicht. Er sagte noch nicht mal einen Spruch zurück. Er war so in seine Gedanken vertieft, dass er Timo überhaupt nicht gehört hatte.

Sobald der Anpfiff ertönte, stürmte er nach vorn, als ob er Flügel hätte. Eric gewann das erste Ballduell und blieb in Ballbesitz. Er gab Micha ein Zeichen, weil er

gesehen hatte, dass er frei stand. Der Ball flog durch die Luft.
Micha fing ihn mit dem Fuß ab und rannte nach vorn. Er passierte zwei Spieler und sah aus den Augenwinkeln das Tor auftauchen. Kein Spieler weit und breit. Er holte aus und schoss. Von so einem Tor hatte er jahrelang geträumt. Genau platziert, genau in die richtige Ecke, direkt über den Kopf des Torwarts hinweg.
Um ihn herum wurde gejubelt und gepfiffen, aber Micha reagierte nicht. Er genoss noch nicht mal den Erfolg. Er behielt den Torwart im Auge, der den Ball wieder ins Feld warf. Abdul köpfte zu Timo, aber der Ball entwischte ihm. Timo fluchte und rannte hinter dem Ball her.
Micha zögerte keine Sekunde. Er stand in der Nähe und stürmte los. Er hörte Timo neben sich keuchen. Timo holte mit seinem rechten Bein aus, um zu schießen, da warf sich Micha zu Boden. Er rutschte über das Gras und fühlte, wie sein Fuß den Ball traf. Timo stolperte über sein Bein und fiel über ihn. „Au!“, rief er. Seine Stimme erstickte im Gras.
Micha sah, wie der Ball zurück ins Mittelfeld rollte und hörte von weitem einen Pfiff. Van Dijk kam mit erhitztem Gesicht angelaufen.
„Riskantes Spiel! Bist du verrückt geworden?“, brüllte er schon aus zehn Metern Abstand. Micha sah zur Seite. Timo rollte durchs Gras und fasste sich an den Knöchel. „Timo, geht's?“, fragte er.

Bevor Timo antworten konnte, beugte sich van Dijk schon über ihn. „Alles in Ordnung?“, fragte der. Er nahm Timos Fuß in die Hände und drehte ihn vorsichtig hin und her.

„Au!“, schrie Timo.

„Zum Glück ist nichts gebrochen“, stellte van Dijk fest. „Aber schlimm verstaucht. Halt den Fuß mal schnell unter kaltes Wasser. Dann wird er vielleicht nicht so dick.“

Micha sprang auf. „Ich helf dir.“

Van Dijk sah ihn streng an. „Was fällt dir ein, wie ein wilder Stier auf ihn loszugehen? Er hätte sich das Gelenk brechen können.“

„Entschuldigung!“ Micha sah zu Boden.

„Na, dann geht.“ Van Dijk nickte ungeduldig Richtung Umkleideräume und drehte sich dann zum Spielfeld um. Er steckte die Pfeife in den Mund, pfiff laut und rief: „Okay, wir machen weiter, Jungs. Fünf gegen fünf.“

Micha streckte die Hand aus und half Timo hochzukommen.

„Idiot!“, schimpfte Timo, als er Auge in Auge mit Micha stand.

„Entschuldige“, sagte Micha noch mal. „Ich hab nicht nachgedacht.“

„Nicht nachgedacht? Blind wie ein Maulwurf bist du!“, brauste Timo auf. „Na los, begleite diesen verletzten Mann in den Duschraum.“ Timo machte ein

Mitleid heischendes Gesicht und streckte ihm beide Arme Hilfe suchend entgegen.
Micha grinste. Immerhin konnte Timo noch Witze machen.

Die Erleichterung, die Micha gefühlt hatte, verschwand, als Timo Schuh und Strumpf auszog. „Shit!“, sagte Micha, als er den dick geschwollenen Knöchel sah.
„Dreh den Kran auf“, kommandierte Timo ungeduldig. Er setzte sich auf den Rand der Bank und hielt den Fuß unter das fließende Wasser. „Ah, schön kalt“, murmelte er.
Micha ließ sich neben Timo auf die Bank fallen. Er starrte auf den Wasserstrahl, der auf Timos Fußgelenk floss und wie ein Stern auseinander spritzte. Sein Kopf war leer. Eine Zeit lang saßen sie schweigend nebeneinander und hörten dem Geräusch des Wassers zu.
„Jetzt ist es eher ein Eisklumpen“, sagte Timo, als er den Fuß unter dem Wasserstrahl herauszog. „Hättest du dir nicht jemand anderes aussuchen können, um ihn niederzumähen?“
Micha zuckte zusammen. „He? Was sagst du?“
„Ob du nicht Eric oder so hättest treten können?“
„Nächstes Mal nehm ich einen anderen, okay?“
„Wehe, wenn nicht! Wirf mal das Handtuch rüber.“
Micha bückte sich zu Timos Tasche. „Hier.“
„Warum warst du denn so geladen?“

„Was?"
„Bist du taub, oder was? Ich hab gefragt, warum du gerade wie'n Wilder auf den Ball eingedroschen hast."
„Keinen Schimmer."
„Quatsch!"
„Nein, echt." Micha sagte das derart laut, dass Timo ihm einen kritischen Blick zuwarf. Das wirkte sofort. Micha fühlte, wie seine Wangen zu glühen anfingen. „Ach, es ist was mit Iris", sagte er kurz angebunden.
„Ist es aus?"
„Wie kommst du denn darauf?"
„Ganz ruhig." Timo lachte. „War ja nur 'ne Frage."
„Nein", sagte Micha zögernd. „Sie hat Probleme."
Timo schwieg und sah zu Boden. Micha hoffte, er würde fragen, was Iris für Probleme hätte, aber es blieb still. Plötzlich hielt er es nicht mehr aus. „Sie wird von ihrem Vater geschlagen, wenn er zu viel getrunken hat", sagte er leise.
Ruckartig hob Timo den Kopf. „Van Benthem?"
Micha nickte.
„Ja, van Benthem. Er scheint sich jedes Wochenende voll laufen zu lassen und dann wird er anscheinend aggressiv."
„Himmel."
„Das kannst du laut sagen." Micha wollte reden. Er hatte das Gefühl, jetzt endlich zum ersten Mal wieder durchatmen zu können, seit er das alles von Iris erfah-

ren hatte. „Sie hat eine Schürfwunde und Prellungen am Rücken und ihr Oberarm ist auch blau."
„Himmel", sagte Timo noch mal und sah Micha mit großen Augen an. „Schlägt er sie jedes Wochenende?"
„Nein, das nicht." Micha schüttelte den Kopf. „Iris hat gesagt, dass er manchmal nur die Mutter verprügelt. Oder er ist so besoffen, dass er im Sessel einschläft."
„Nicht zu fassen, van Benthem ..."
Micha verstand, dass Timo überrascht war. Er selbst hatte am Anfang auch Mühe gehabt, sich das alles vorzustellen. Und Timo hatte ja noch nicht mal Iris' Rücken gesehen.
„Sie muss ihn anzeigen", sagte Timo.
Micha nickte. „Das hab ich auch gesagt, aber sie will nicht." Von draußen waren Stimmen zu hören, die anderen kamen.
„Pst!", machte Micha. Die Jungen kamen mit viel Getöse in den Umkleideraum. Ihr Trainer war auch dabei.
„Und, wie geht's?", fragte er.
„Schon besser." Timo war aufgestanden, um seine Jacke vom Haken zu ziehen.
„Prima", sagte van Dijk.
Aber als sich Timo umdrehte, sah Micha, wie er vor Schmerz das Gesicht verzog.

„Na, das kann ja heiter werden morgen auf dem Schulfest“, sagte Timo und seufzte, als sie nach Hause radelten.
Nur mit Mühe war er vom Umkleideraum nach draußen und zu seinem Fahrrad gehumpelt.
„Wie meinst du das?“ Micha war in Gedanken schon wieder bei Iris. Jetzt, wo er alles erzählt hatte, bereute er es plötzlich.
„Na, ich glaube kaum, dass es für mich ein rauschendes Fest wird.“
„Wer weiß“, meinte Micha. „Vielleicht geht es morgen schon viel besser.“
„Ich nehm einfach ein paar Krücken mit, um Nicky zu beeindrucken.“
„Nicky?“
„Ja. Überrascht dich das?“
Micha musste kurz nachdenken. „Nein, eigentlich keine schlechte Idee“, sagte er vorsichtig. Er beobachtete Timo, der sich weit nach vorn über den Lenker gebeugt hatte und auf den Asphalt starrte. Micha stupste ihn in die Seite.
„Hey, pass doch auf!“, rief Timo, der gefährlich mit dem Rad schwankte.
„Oh, entschuldige!“, sagte Micha erschrocken. „Dein verstauchter Fuß – hab ich ganz vergessen.“
„Du hast ein Gedächtnis wie ein Sieb.“
„Kann schon sein.“ Langsam fuhren sie durch die Sportlaan.

„Trotzdem, sie spinnt“, sagte Timo, als sie durch die Kurve fuhren.

„Wer?“

„Iris natürlich.“

„Wieso?“

„Weil sie ihn nicht anzeigen will.“

„Stimmt.“ Micha sah den Bergweg hinunter. „Weißt du“, sagte er schließlich, „eigentlich hätte ich dir nichts erzählen dürfen. Iris will das nicht.“

Timo schwieg, während sie den Bergweg hinunterfuhren. „Ich sag's nicht weiter“, meinte er schließlich.

„Okay.“ Micha nickte erleichtert. Er wusste, dass er sich auf Timo verlassen konnte. Wenn der was versprach, hielt er Wort.

Timo klopfte ihm auf die Schulter. „Ich halt den Mund, aber sie muss zur Polizei.“

„Ja, ich weiß.“

„Ich biege hier ab. Bis morgen.“

„Bis morgen!“ Micha fuhr schneller. Timo hatte Recht, er musste noch mal mit Iris sprechen. Aber wann? Vielleicht morgen Abend auf dem Schulfest. Es war zwar kein schönes Thema, aber sie brauchten ja nicht die ganze Zeit darüber zu reden.

11

Mit Iris stimmte wieder etwas nicht. Micha hatte es sofort gemerkt, als er in den Deutschraum kam. Er war der Letzte. Kein Wunder, er hatte einen Platten gehabt und musste rennen, um noch pünktlich zu sein, und war keuchend in den Klassenraum gestürmt.
So wie jeden Morgen sah er als Erstes zu Iris. Dagegen konnte er nichts machen, das passierte von selbst.
Iris hatte sich über ihren Tisch gebeugt und machte irgendetwas. Als er sich setzte, sah er, dass sie mit dem Finger die Linien der Maserung der Tischplatte nachzog.
„He, pst!“, flüsterte er, um auf sich aufmerksam zu machen, aber sie reagierte nicht und das sagte Micha genug. Seit gestern hatte er ununterbrochen über Iris und ihren Vater nachgedacht. Er war sogar mitten in der Nacht wach geworden und hatte sich heldenhaft vorgenommen, am nächsten Tag zu van Benthem zu gehen und ihm deutlich die Meinung zu sagen. Aber heute früh, beim Aufstehen, hielt er das nicht mehr für eine so gute Idee. Stell sich das einer vor: Er fordert van Benthem heraus. Prost Mahlzeit!

Frau van Eijks Blick wanderte durch die Reihen. „Iris, hol bitte dein Buch heraus", bat sie. Iris rührte sich nicht.
„Iris!" Frau van Eijk wurde lauter. „Hast du gehört?"
Iris sah auf. Die Haare hingen ihr vorm Gesicht.
„Iris, was ist los?"
In der Klasse wurde es still. Alle sahen Iris an, die krampfhaft lachte.
„Nichts ist los. Was soll denn sein?"
Sie redet komisch, schoss es Micha durch den Kopf. Viel zu laut und viel zu aufgekratzt.
Van Eijk wartete eine Sekunde. „Wieso hast du dann deine Sachen noch nicht herausgeholt?"
„Total vergessen."
Van Eijk ging zu ihr. „Ist wirklich alles in Ordnung?"
„Natürlich, alles bestens", sagte Iris zuckersüß.
„Ist dir nicht gut?" Frau van Eijk sah Iris prüfend an.
„Mensch, lassen Sie mich in Ruhe. Es ist nichts!" Iris sprang vom Tisch auf und stand plötzlich direkt vor van Eijk.
Michas Blick jagte von der einen zur anderen. Am Hals von Frau van Eijk erschienen rote Flecken. Iris' Unterlippe zitterte, aber sie blieb stocksteif stehen.
„Wenn du so schreist, ist es mir lieber, du gehst nach draußen", sagte van Eijk leise.

Iris schnaubte, packte ihre Tasche und ging mit großen Schritten zur Tür. Da drehte sie sich plötzlich um. „Ich gehe nicht zu meinem Vater, damit Sie's wissen." Sie klang fest entschlossen.

Es dauerte einen Moment, bevor Frau van Eijk reagierte. Sie musterte Iris mit halb geschlossenen Augenlidern, als versuche sie etwas zu entdecken, was man mit offenen Augen nicht sehen konnte. Dann schüttelte sie den Kopf. „Komm heute Nachmittag in mein Zimmer."

Iris nickte und schloss leise die Tür.

Wieder fühlte Micha die Augen seiner Mitschüler auf sich gerichtet. Er beugte sich über sein Buch und fragte sich, ob er Iris nicht hätte helfen müssen. Aber wie? Iris' Wutausbrüche waren wie Donnerschläge bei strahlendem Sonnenschein. Und dass sie sich bei van Eijk so aufführte, verstand er nicht. Frau van Eijk war eine der nettesten Lehrerinnen! Micha wurde in die Seite gestupst. Das war Timo, der ihn fragend ansah. Micha warf ihm einen ratlosen Blick zurück und beugte sich wieder über sein Buch. Er wollte jetzt lieber in Ruhe gelassen werden, sogar von Timo. Van Eijk hatte mit dem Unterricht angefangen, aber ihr Stimme klang wie aus weiter Ferne. Micha suchte im Buch die Stelle heraus, bei der sie das letzte Mal stehen geblieben waren, und starrte auf die Buchstaben.

„Micha, warte bitte einen Moment.“ Die Stimme von Frau van Eijk übertönte das Gemurmel seiner Mitschüler, die den Unterrichtsraum verließen. Ärgerlich drehte er sich um. Sie winkte ihn über die Köpfe der anderen hinweg zu sich. Micha ließ die restlichen Mitschüler vorbei und ging zu ihr. Van Eijk wartete lächelnd auf ihn.
„Mir ist gerade eingefallen, dass ich heute Nachmittag einen Termin beim Zahnarzt habe. Würdest du Iris bitte sagen, sie soll nächsten Montag nach der letzten Stunde zu mir kommen?“
Micha nickte und wartete ab, ob van Eijk noch mehr sagen wollte, aber sie lief schon zum Pult zurück und fing an, ihre Sachen einzupacken. „Du siehst sie doch sicher gleich?“, fragte sie, ohne aufzuschauen.
„Ich glaub schon.“
„Gut. Du kannst gehen.“
Micha beeilte sich, aus dem Klassenraum zu kommen. Mist, genau, was er befürchtet hatte: Der Flur war leer und für Geschichte musste er ans andere Ende des Gebäudes. Er hatte keine Zeit mehr. Dabei hatte er unbedingt noch mit Iris reden wollen. Er rannte durch den Flur.
„Nicht rennen!“, hallte eine dunkle Stimme aus dem Direktorzimmer. Micha sah flüchtig zur Seite. Die Tür stand offen, aber van Benthem selbst war nicht zu sehen.
„Blödmann“, sagte Micha leise, sodass van Benthem

ihn unmöglich hören konnte, und rannte weiter. Als er im Geschichtsraum ankam, hatte der Unterricht gerade angefangen. Schnell schlich er auf seinen Platz.

Erst in der Mittagspause konnte er Iris sprechen. „Van Eijk hat gesagt, dass du heute Nachmittag nicht zu kommen brauchst“, sagte er, sobald er neben ihr stand.
„Oh.“ Iris sah ihn überrascht an, von der Wut am Morgen war keine Spur mehr zu sehen.
„Nein, aber stattdessen erwartet sie dich am Montag.“
„Wieso?“
Micha zuckte genervt die Schultern. „Sie muss zum Zahnarzt. Himmel, was war denn mit dir los heute Morgen? Van Eijk ist doch ganz in Ordnung.“
„Na und?“, fragte Iris wütend.
Das entging Micha nicht, aber er ignorierte es. „Was heißt das, na und …?“
„Die soll sich um ihre eigenen Sachen kümmern. Es geht sie einen Scheiß an, wie ich mich fühle!“
Micha schwieg. Er begriff immer weniger. „Kaum hast du ’ne Freundin, geht’s auch schon schief“, sagte Timo manchmal zum Spaß, und Micha fragte sich ernsthaft, ob das stimmt. Fakt war, dass Iris sich plötzlich völlig verändert hatte.
Als es klingelte und die Pause zu Ende war, fühlte er eine Hand in seine gleiten. „Heute Abend, auf dem

Fest, haben wir richtig Spaß“, flüsterte Iris ihm ins Ohr.
Micha sah ihr in die Augen und drückte ihre Hand. „Ich hoff's!“ Er seufzte.

Das Fest fing nicht gerade sensationell an. Micha stand am Rand der Aula und versuchte, zwischen den tanzenden Leuten Iris zu entdecken. Es war schon Viertel vor neun und sie hatten sich für halb neun verabredet. Dass sie eine Viertelstunde zu spät kam, war eigentlich noch kein Grund, nervös zu werden, denn Iris war nie pünktlich. Aber seit er von ihrem Vater wusste, wurde er fast verrückt vor Angst, es könnte wieder etwas passiert sein.
Nachmittags war er van Benthem im Flur noch über den Weg gelaufen. Micha hatte vor Wut gekocht und seine Hände in den Hosentaschen zu Fäusten geballt. Van Benthem blickte wie immer über die Köpfe der Schüler hinweg, als ob sie Luft seien. Er wirkte eiskalt. Micha war sich beinah sicher, dass sogar Jungs aus der Zwölften, wie Bas de Vries und Vincent van Erkel, vor ihm Respekt hatten.
Die Tanzfläche füllte sich, und Micha hatte gerade beschlossen, zum Eingang zu gehen, um dort Ausschau zu halten, als ihn eine Hand im Nacken packte. „So, hier steckst du!“, hörte er eine triumphierende Stimme.
Micha drehte sich um und sah in Iris' strahlendes Ge-

sicht. „Yes!“, sagte er fröhlich. Sie sah fantastisch aus, wie er mit einem Blick feststellen konnte. Sie trug eine enge graue Hose und ein T-Shirt in derselben Farbe. Aber noch etwas war anders als sonst. „Du bist ja fast so groß wie ich“, stellte er überrascht fest und bestaunte ihre hohen Absätze.
Iris lachte. „Neue Schuhe. Heute Nachmittag mit Dunja im Einkaufszentrum erstanden.“ Die Haare hatte sie kunstvoll zu zwei Knoten auf der Seite hochgesteckt. Das sah klasse aus, fand Micha, obwohl es sie älter machte. Eine Haarsträhne fiel ihr übers Gesicht, hinter der sie ihn mit einem breiten Grinsen ansah.
„Bist du schon lang da?“, wollte sie wissen.
„Nein, erst seit eben.“
Iris nickte. „Zum Glück. Dunja ist noch bei mir vorbeigekommen und wir haben uns, wie du siehst, bei den Frisuren ausgetobt.“
Micha nickte, obwohl ihn die Frisur von Dunja kein Stück interessierte. Sie sah sowieso nicht so gut wie Iris aus. Iris lächelte wieder und zog ihn in die Mitte der Tanzfläche. Direkt vor seiner Nase fing sie an zu tanzen. Ihre Arme flogen durch die Luft. Sie schien wie ein Engel zu schweben, so leicht waren ihre Bewegungen, und Micha fragte sich, wie sie das anstellte. Micha bewegte sich unbeholfen und nahm sich zum hundertsten Mal vor, zu Hause vorm Spiegel zu üben. Dann konnte er kontrollieren, ob sein Gehopse tatsächlich so idiotisch aussah, wie es sich anfühlte. Iris

schien seine Tanzerei nicht zu stören, sie tanzte lächelnd um ihn herum.

Look there is my baby
Dancing here with me
Turning, funny whirling
That's the one, that's she

Die Sätze schossen ihm, trotz der lauten Musik, durch den Kopf. Nach drei Liedern hatte Micha genug. Er packte Iris am Arm. „Wollen wir was trinken?"
Kurz darauf standen sie mit den Getränken am Rand der Aula. Es war brütend heiß und Micha lief der Schweiß. Iris stieß ihn an. „Sieh dir mal Timo an."
Er stand mit einem Wanderstock auf der Tanzfläche und versuchte, so gut es ging, auf einem Bein um Nicky herumzutanzen. Timo wäre natürlich nicht Timo, wenn er daraus keine Show machen würde. Nicky kugelte sich vor Lachen.
Micha musste ebenfalls kichern. „Typisch Timo!"
Iris nickte und wippte ungeduldig auf ihren Absätzen. Schnell legte Micha einen Arm um sie. Es war doch wirklich was anderes, zu zweit statt allein auf einem Fest zu sein, dachte er. Viel schöner.
„Sieh mal." Er zeigte mit der freien Hand zur anderen Seite der Aula, wo er einen Mann im Regenmantel entdeckt hatte. „Ist das nicht dein Vater?"
Iris nickte. „Ja, ich hab ihn schon gesehen. Zum Glück

geht der gleich. Er kommt immer am Anfang eines Festes, um kurz die Lage zu peilen. Dann gibt er dem Hausmeister Order, was er bei Feuer tun muss und so weiter. Als ob der Mann das nicht selber wüsste."
Van Benthem beobachtete eine Weile lang das Treiben und drehte sich dann um, um Richtung Ausgang zu verschwinden.
„Ich glaube, er hat dich nicht gesehen", meinte Micha.
Iris nickte zufrieden.
„Prima."
Jetzt, dachte Micha. „Tut es noch weh beim Tanzen?", fragte er zögernd.
„Was soll wehtun?" Iris war überrascht.
„Dein Rücken und dein Arm, meine ich." Micha beugte sich weit zu ihr, um nicht so schreien zu müssen.
„Ach, das. Nein, geht schon."
„Ich finde, du solltest was unternehmen."
„Was denn?"
„Na, zur Polizei oder so ..."
Iris runzelte die Stirn. Sie beobachtete die tanzenden Leute und bewegte sich im Rhythmus mit. Plötzlich drehte sie den Kopf. „Wollen wir tanzen?"
Micha hielt sie fest. „Iris, jetzt hör doch mal zu. Timo findet auch, dass ..."
„Timo?" Iris sah Micha mit großen Augen an und kam ganz dicht an ihn heran. „Du hast es Timo erzählt?"

Micha fing noch mehr zu schwitzen an. „Ja, nein. Ist doch egal. Timo ist mein Freund.“

„Du Mistkerl!“, schrie sie.

Sie wollte wegrennen, aber Micha konnte sie gerade noch am Handgelenk festhalten. „Versteh doch, wir wollen dir helfen.“

„Ich brauche deine Hilfe nicht, Micha van Empel!“, sagte Iris scharf. „Und ich will dich auch nicht mehr sehen!“ Mit einem Ruck drehte sie sich um und lief weg.

Micha sah ihr nach, wie sie zwischen den Tanzenden verschwand. „Shit!“, murmelte er. Iris’ Blick brannte auf seiner Haut. Sie hatte ihn genauso angesehen wie van Swinden. Du kannst mich mal, bedeutete dieser Blick. Verwirrt starrte er vor sich hin. Vor kaum fünf Minuten hatte er noch den Arm um sie gelegt und jetzt stand er mutterseelenallein hier herum. Langsam ging er über die Tanzfläche. Iris war nirgends zu entdecken.

12

„Hey, Micha!“ Jemand zog an seinem T-Shirt. Es war Timo. Er hatte sich bei Nicky eingehakt und hob grinsend den Wanderstock. „Hast du schon gesehen?“, brüllte er, um die Musik zu übertönen.
Micha nickte.
„Gehörte meiner Oma.“
„Steht dir“, kommentierte Micha und schielte über Timos Schulter hinweg auf die Tanzfläche, in der Hoffnung, Iris zu entdecken.
„Dann trag ich den jetzt immer.“ Timo tänzelte wie Charly Chaplin herum und Nicky bog sich wieder vor Lachen.
Timo nutzte die Gelegenheit und beugte sich schnell zu Micha. „Klasse Party, nicht wahr?“
„Geht so.“
„Was heißt hier: ‚Geht so‘?“
„Ich bin schon seit einer Stunde auf der Suche nach Iris.“
„Ist sie weg?“
Micha zuckte mit den Schultern. „Vielleicht.“
Timo drehte seine Armbanduhr ins Licht und warf ei-

nen Blick darauf. „Viertel nach zehn“, stellte er überrascht fest.
Micha nickte.
„Ist was?“
„Kann man wohl sagen …“
„Musste sie mit van Benthem nach Hause? Ich hab ihn vor zirka einer Stunde hier rumlaufen sehen.“
Micha schüttelte den Kopf.
„Worüber sprecht ihr?“, fragte Nicky.
„Über Iris“, sagte Timo. „Hast du sie gesehen?“
Nicky nickte. „Vor einer Viertelstunde saß sie noch in der Ecke bei der Bar.“
„Bei der Bar? Bist du sicher? Da bin ich schon dreimal gewesen.“
Nicky sah ihn überrascht an. „Oh, ich dachte, du wärst das gewesen, mit dem sie sich da so prächtig unterhalten hat. Aber dann hab ich mich wohl vertan.“
„Ich geh mal nachsehen“, brüllte Micha in Timos Ohr.
Timo nickte und drehte sich wieder zu Nicky.
Micha überquerte die Tanzfläche, was nicht so leicht war. Wenn er gerade drei Schritte nach vorne geschafft hatte, musste er wieder zwei zur Seite gehen, um irgendwelchen herumwirbelnden Armen oder Beinen auszuweichen.
Über der Bar blinkten rote und blaue Spots. Micha schob sich durch die Wartenden durch zur linken Seite, wo er tatsächlich noch nicht gesucht hatte. Bei sei-

ner ersten Runde hatte er dort Vincent van Erkel sitzen sehen, und die Chance war groß, dass der Rest der Zwölften auch da war. Michas Blick wanderte über die Barhocker. Seine Vermutung stimmte. Die Zwölfte hatte sich tatsächlich hier niedergelassen. Micha wollte schon weitergehen, als er plötzlich etwas Blondes sah. Er machte einen Schritt zur Seite und reckte den Hals. Es war Iris. Sie saß in der Ecke auf einem Barhocker und stützte sich mit dem Ellenbogen auf die Bar. Er wollte sie rufen, aber irgendein Vorgefühl hielt ihn davon ab. Vincent van Erkel saß neben ihr und Micha sah, wie er zwei Biergläser vom Barkeeper entgegennahm und eins vor Iris stellte.

„Iris!“ Er hielt es nicht mehr länger aus. Er musste ihren Namen rufen, aber sie hörte ihn nicht. Sie hob ihr Glas, lachte und prostete Vincent zu. Dann trank sie einen großen Schluck.

Drei Schritte, und Micha war bei ihr. „Bist du verrückt?“

Mit einem Ruck drehte sich Iris um. „Wieso?“ Ihre Augen funkelten noch immer vor Wut.

„Du trinkst Bier!“ Er zeigte auf ihr Glas.

„Na und?“ Iris nahm demonstrativ einen Schluck. „Ist das etwa verboten?“

„Was ist los, Kleiner?“ Das war Vincent, der hinter Micha stand.

Micha reagierte nicht und sah weiterhin Iris an. „Ich suche dich schon seit einer geschlagenen Stunde.“

Iris zuckte mit den Schultern. „Dein Problem.“
„Aber Iris! Komm schon.“ Micha zögerte. Dies war kein geeigneter Ort, um ein Gespräch zu führen. „Lass uns draußen kurz reden.“
„Ich habe keine Lust, mit dir zu reden.“
„Machst du etwa Schwierigkeiten, Kurzer?“ Micha fühlte eine Hand schwer auf seiner Schulter.
„Komm bitte kurz mit!“, flehte er.
Aber Iris sah ihn kühl an und schüttelte den Kopf. „Lass mich in Ruhe“, sagte sie und drehte sich wieder zur Bar. Micha starrte auf ihren schmalen Rücken und auf die beiden blonden Knoten in ihrem Haar. So nah und doch unerreichbar. Er blieb stehen und hatte keine Ahnung, wie er jemals in Bewegung kommen sollte. Aber da hörte er die Stimme von Vincent und roch dessen Bierfahne. „Jetzt mach dich vom Acker, du Pimpf!“
Micha drehte sich um. Er sah die schweren Augenlider von Vincent, den dümmlichen Mund mit dem sorgfältig geschnittenen Ziegenbärtchen. „Mistkerl!“, zischte er mit so viel Verachtung in seiner Stimme, wie er sich gerade noch traute zu zeigen. Er sah noch einmal zu Iris, aber die saß bewegungslos an der Bar und starrte in ihr Bierglas.
Mit großen Schritten ging er weg. Vincent van Erkel, dröhnte es in seinem Kopf. Ausgerechnet Vincent van Erkel. Schlimmer ging’s nicht.

An der anderen Seite der Aula war es ruhiger. Micha suchte einen freien Platz an der Wand, um sich anzulehnen. Von dort ließ er die Musik auf sich niederprasseln. Der Diskjockey heizte die Stimmung noch mal so richtig an, der Beat wurde schneller. Auf der Tanzfläche wurde immer wilder getanzt. Sogar die Lehrer machten mit. Micha sah auf die Uhr, es war elf. Noch ein paar Minuten und das Fest war zu Ende. Die Frage war: Was wird Iris machen?
Micha hätte sich ohrfeigen können, weil er Timo alles erzählt hatte. Trotzdem war er noch immer davon überzeugt, dass etwas passieren musste. Der Gedanke, dass van Benthem Iris auch nur ein Haar krümmen könnte, machte ihn rasend. Seine Gedanken liefen Amok. Er schimpfte auf Iris, er schimpfte auf Vincent und er schimpfte auf sich selbst.
Das Licht in der Aula wurde gedimmt, der Diskjockey legte eine ruhige Nummer auf. Im Halbdunkel bildeten sich Pärchen, die eng umschlungen tanzten. Als Micha das sah, krampfte sich sein Magen zusammen. Er fühlte sich plötzlich sehr einsam, so allein an der Aulawand. Es war ein furchtbares Fest. Da hörte er eine bekannte Stimme, die ihn aus seinen Gedanken riss. „Hey, hallo, Micha!“
Er sah hoch und direkt ins Gesicht von Alex dem Streber. „Ach nee, zum Schluss doch noch ein bekanntes Gesicht!“, seufzte er.
„Was?“, brüllte Alex.

„Nichts. Ich meine, hallo!“
„Gut gefeiert?“
„Geht so.“
„Hast du Mathe geschafft?“
„Himmel, Alex! Es ist Freitagabend, elf Uhr. Willst du jetzt noch über Mathe reden?“
Alex zuckte mit den Schultern und grinste unsicher. Er hatte sich neben Micha an die Wand gelehnt und tickte den Rhythmus der Musik mit den Fingern gegen die Flasche in seiner Hand. Micha war sauer. Die Tatsache, dass er am Ende eines Schulfestes nicht mal mehr allein, sondern neben Alex dem Streber an der Wand lehnte, war für ihn der lebende Beweis, dass wirklich alles beschissen gelaufen war. Er beugte sich zu ihm und fragte: „Und, noch jemand Nettes kennen gelernt?“
„He, was?“ Alex glotzte Micha verblüfft durch seine Brille an. Das sah so blöd aus, dass es Micha reizte weiterzufragen.
„Ein Mädchen, meine ich“, rief er.
Alex schüttelte den Kopf. Schade, dass es so dunkel ist, dachte Micha. Er war sicher, dass Alex rot angelaufen war.
„Verliebst du dich denn nie?“, fragte Micha unverfroren weiter. Alex setzte die Bierflasche an den Mund und trank einen kräftigen Schluck.
„Hast du denn überhaupt keine Lust dazu?“, drängelte Micha weiter.

„Wozu?“ Alex sah ihn fragend an. „Hier ist so ein Krach. Ich kann dich nicht verstehen.“
Micha legte die Hände an den Mund. „In ein Mädchen“, brüllte er. „Oder interessieren dich nur Jungs?“
Darüber hatte er ehrlich gesagt noch nie nachgedacht. Der Gedanke war ihm spontan gekommen.
Alex verschluckte sich. Er hustete und prustete Bier durch die Luft.
„Iih!“ Micha fühlte einen Bierregen auf seinem Gesicht und in den Haaren.
„Ich geh kurz zum Klo“, röchelte Alex und war weg.
Was bist du doch für ein Mistkerl, Micha, dachte er, als er sah, wie hastig sich Alex aus dem Staub machte. Ein ekliger Mistkerl!
Das Neonlicht sprang an. Die Pärchen blinzelten sich an und verdrückten sich von der Tanzfläche. Micha suchte mit den Augen die Aula ab, auf der Suche nach Iris. Es war ein unglaubliches Gewimmel. Jeder schien in eine andere Richtung zu laufen. Plötzlich sah er zwei hellblonde Haarknäuel. Sie bewegten sich in seine Richtung. Er streckte sich und wollte winken, aber da entdeckte er Vincent, direkt neben ihr. Sie gingen an ihm vorbei zum Ausgang.
Micha folgte ihnen. Er musste etwas unternehmen, egal was. „Iris!“, brüllte er durch den Flur.
Blitzschnell drehte sie sich um, dabei stolperte sie. Reflexartig hielt sie sich an Vincents Arm fest. Sie sah ihn

an und kicherte. Vincent legte sofort den Arm um ihre Schultern und fragte lachend: „Schwindelig, was?“
Iris nickte wie ein braves Mädchen.
Micha drückte die Fingernägel in seine Handflächen und sah zu, wie Iris ihre Jacke nahm und über die Schulter zog. Vincent schloss den Reißverschluss seiner Jacke und flüsterte ihr etwas ins Ohr. Iris lachte, hakte sich bei ihm ein und zusammen gingen sie nach draußen.
Micha drehte sich um. Der Anblick der beiden brannte auf seiner Netzhaut. Irgendwo in seinem Kopf knackte es … Nicht mehr lange, und er würde explodieren.

Now, I know what type you are
Yeah girl, you're to blame
Walking with this stupid Longneck
Oh yes, it's a shame

Mit großen Schritten lief er zu den Toiletten. Erst als er das vertraute Plätschern in die WC-Schüssel hörte, beruhigte er sich. Er holte tief Luft und fragte sich, wie schlimm es denn noch werden konnte.

13

Draußen war es angenehm kühl. Micha ging im Dunkeln über den Schulhof zu seinem Fahrrad und überlegte, wohin er noch fahren könnte. Auf jeden Fall nicht nach Hause, er würde doch kein Auge zutun können. Er öffnete das Schloss, schwang sein Bein über den Sattel und fuhr los. Zehn Meter weiter sah er eine zusammengekauerte Gestalt auf einem Fahrrad hocken. Iris!, schoss es ihm durch den Kopf, aber als er näher heranfuhr, merkte er, dass es ein Junge war.
Micha bremste. „Hallo, Alex!"
Alex sah auf. „Hi!"
„Was machst du hier?"
Alex zuckte mit den Schultern. „Keine Ahnung, ich hatte noch keine Lust, nach Hause zu fahren."
„Verstehe. Ich kenn einen, dem geht's genauso."
Trotz seiner Größe saß Alex wie ein kleiner Vogel auf dem Gepäckträger seines Fahrrads. Micha musste daran denken, was er vorhin zu ihm gesagt hatte. „Komm", seufzte er, „dann gehen wir noch ins *Slof*."
Alex sagte nichts, stand aber verdächtig schnell auf

und hob sein Fahrrad aus dem Ständer. Schweigend fuhren sie Richtung Zentrum.
„Wo ist denn Iris?“, fragte Alex schließlich.
„Keine Ahnung.“ Micha stockte. „Ist mir auch egal.“
„Oh!“ Das klang so doof, dass Micha sofort bereute, Alex ins *Slof* eingeladen zu haben. „Noch mehr Fragen?“, schnauzte er.
„Nee, nee!“, sagte Alex hastig.
Micha trat in die Pedalen. „Bist du eigentlich schon mal im *Slof* gewesen?“, wollte Micha wissen, als sie ihre Räder bei der Drogerie abschlossen.
Alex schüttelte den Kopf, nahm seine Brille ab und putzte die beschlagenen Gläser.
Micha seufzte. „Entschuldige wegen vorhin“, sagte er.
„Wieso?“
„Das war gemein von mir.“
„Ach, das“, meinte Alex gelassen. Er lachte und setzte seine Brille auf. „Macht nichts.“
Überrascht ging Micha hinter ihm her. Hatte ihm das denn gar nichts ausgemacht?

„Bier?“, fragte Alex.
Micha nickte. „Gern.“ Er hatte sich an den letzten freien Tisch gesetzt und ließ den Blick schweifen. Iris und Vincent waren nicht da.
Alex kam mit zwei Biergläsern zurück und setzte sich.

„Prost!“
„Prost!“, sagte Micha zerstreut.
„Guter Laden“, meinte Alex und sah sich um.
„Geht so.“
„Weißt du“, sagte Alex zögernd, „vielleicht hast du ja Recht.“
„Womit?“ Micha sah Alex gelangweilt an.
„Was du auf dem Schulfest gesagt hast. Dass ich schwul bin.“
Jetzt war es Micha, der sich verschluckte. Das Bier floss direkt in seine Luftröhre. Er hustete wie ein Verrückter. „Das hab ich doch nicht ernst gemeint, Mann!“, sagte er, als er endlich wieder atmen konnte.
Alex zuckte mit den Schultern. „Ich schon.“
Micha sah Alex forschend an, aber Alex erwiderte seinen Blick in aller Seelenruhe. „Meinst du wirklich?“
Alex nickte.
Micha fing zu lachen an. „Na ja, wieso auch nicht.“ Er hob sein Glas. „Nochmals, Prost!“ Er trank einen Schluck und schüttelte den Kopf. „Und ich dachte, du bist ein Streber.“
„Können Schwule denn keine Streber sein?“
„Doch.“ Micha war verblüfft. „Das geht natürlich.“
Alex trank von seinem Bier. Er sah vollkommen ruhig aus. „Du bist der Erste, dem ich es erzähl.“
„Warum ausgerechnet mir?“
Alex zuckte nochmal mit den Schultern. „Einem muss-

te ich es doch erzählen. Außerdem hast du mich direkt gefragt."

Micha runzelte die Stirn. Er hatte einfach eine blöde Bemerkung machen wollen, mehr nicht. Er konnte ja nicht ahnen, dass er mitten ins Schwarze getroffen hatte! „Ach nee", sagte er auf einmal mit dem Blick zur Tür. „Sieh mal, wen wir da haben!"

Alex drehte sich um. „Hey, Timo!"

Timo hatte sie bereits gesehen. Er sagte etwas zu Nicky und zeigte auf ihren Tisch, dann kamen sie lachend zu ihnen. „Hallo, Leute. Wie geht's?", fragte Timo.

„Wo ist Iris?", fragte Nicky.

„Themenwechsel bitte", war Michas knappe Reaktion.

„Warum?" Timo zog fragend die Augenbrauen hoch.

„Darum! Wir haben Krach."

„Krach?" Timo ließ nicht locker.

„Na ja, ich habe keinen Krach mit ihr, sondern sie mit mir", versuchte Micha zu erklären.

„Ist sie etwa mit Vincent mitgegangen?" Jetzt mischte sich Nicky auch noch ein.

„Vincent? Der Vollidiot aus der Zwölften? Ach, Quatsch!" Timo sah Nicky verständnislos an, als ob sie wahnsinnig geworden wäre.

„Stimmt aber!" Micha hatte es leise gesagt, und als er den überraschten Blick in den Augen der beiden sah, wurde ihm das Ausmaß der Katastrophe bewusst. Vincent, schoss es ihm durch den Kopf, war nicht nur ein

Blödmann, sondern auch ein Frauenheld, ein Säufer, ein Schlägertyp, ein Asozialer ...
„Dann hab ich doch richtig gesehen“, hörte Micha Nicky sagen.
„Was?“ Das war Timo.
„Ich war mir nicht sicher, ob das Vincent war, mit dem sie an der Bar gequatscht hatte.“
„Das hättest du mir besser gleich sagen können!“ Michas Stimme zitterte. Als er aufsah, blickten ihn drei Augenpaare voller Mitleid an.
„Mann, so ein Mist!“, sagte Timo und klopfte ihm auf die Schulter.
Aber in Michas Kopf lief der Film weiter, in dem Vincent, der Ladykiller, die Hauptrolle spielte. Was, wenn er Iris betrunken machte und mit ihr ins Bett ging? Das würde dem Mistkerl ähnlich sehen. Er musste etwas unternehmen, sie suchen gehen. Ehe er sich's versah, war er aufgestanden. „Bin gleich wieder da“, murmelte er und lief mit großen Schritten zur Tür.
„Wo willst du hin?“, rief ihm Timo hinterher, aber Micha hatte keine Zeit zu antworten.

Als er draußen war, ging er nach links. Das Zentrum war nicht sonderlich groß, es gab noch drei Kneipen und zwei Imbisse. Da musste er es versuchen. Die Kirchturmuhr stand auf Viertel vor zwölf. Er hatte Iris also zuletzt vor einer Dreiviertelstunde gesehen. Das war eigentlich noch nicht so lange her, trotzdem konnte in der Zeit alles Mögliche passiert sein. Ziemlich blöd, erst jetzt auf die Idee zu kommen, sie zu suchen.

Die Schlemmerecke war am nächsten. Davor standen drei Jungs an ihre Mofas gelehnt, in den Händen eine Portion Pommes frites.

Als Micha sich an ihnen vorbeiquetschte und aus Versehen gegen einen Mofalenker stieß, rief einer: „He, pass doch auf!"

„Dann stell dich nicht so bescheuert hin!" Micha hatte keine Zeit, um höflich zu sein. Er ging in den Imbiss hinein und hielt nach der vertrauten, hellblauen Jacke von Iris und der schwarzen Lederjacke von Vincent Ausschau. Es war proppenvoll. Sie waren nicht da.

„Noch einmal und es setzt was!", sagte einer der Jungs bei den Mofas, als er sich zum zweiten Mal durchschlängelte.

Mit großen Schritten ging Micha weiter. Weiter vorne an der Straßenecke war das *Klok*. Ein Blick durchs Fenster war genug. An der Bar saßen zwei singende Männer und hinter der Bar langweilte sich eine wasserstoffblonde Frau mit knallroten Lippen.

Jetzt blieben noch zwei Möglichkeiten: Der Imbiss *Het varkentje* und die Kneipe *Café Winters*. Micha überquerte den Marktplatz. Im Imbiss war nicht allzu viel los, eine Hand voll Leute standen herum, von denen Micha einen kannte. „Hey, Eric!", rief er auf der Türschwelle.

Eric hatte gerade in sein Käsebaguette gebissen. „Hm“, murmelte er mit vollem Mund.
Das sah ziemlich blöd aus, aber Micha war nicht in der Stimmung, über ihn zu lachen. „Hast du Iris gesehen?“
„Hm?“
„Mann, hast du Iris gesehen? Nach dem Schulfest?“, fragte Micha ungeduldig.
Eric schüttelte den Kopf und machte mit den Händen Zeichen, er könne nicht mit vollem Mund sprechen.
„Schon gut!“ Micha hob die Hand und ging drei Häuser weiter ins *Café Winters.*

14

Die Fenster im *Café Winters* waren beschlagen. Micha zog die Tür auf und wäre fast in den roten Samtvorhang gelaufen, der davor hing. Vorsichtig schob er ihn zur Seite.

Drinnen war es gerammelt voll. Zigarettenqualm hing wie Nebel in der Luft. Die meisten Leute waren zwischen dreißig und vierzig und trugen schicke Jacken, unter denen ein Bierbauch hervorquoll. Micha wollte sich schon wieder zur Tür drehen, als er weiter hinten eine bekannte Jacke entdeckte. Es war Bas de Vries, der mit ein paar anderen quatschte, die Micha nicht erkennen konnte. Micha zögerte. Er war zwar auf der Suche nach Vincent und Iris, aber er hatte noch nicht darüber nachgedacht, was er tun wollte, wenn er sie tatsächlich finden würde. Behutsam drängte er sich zwischen den Leuten durch und sah, als er näher kam, dass Bas mit drei Jungen sprach.

In dem Moment blickte einer auf, genau in Michas Richtung. Er hatte einen Bart, trug eine Motorradjacke und wirkte eher älter. „Was willst du?“, fragte er schroff.

„Sieh mal an, wen wir da haben!“, sagte Bas, der sich umgedreht hatte, grinsend.
„Kennst du den Knilch?“, fragte der Bärtige.
Bas nickte. „Na, klar. Das ist einer aus der Zehnten. Du musst doch schon längst im Bett sein – Schlafenszeit!“
Micha holte tief Luft. „Wo ist Vincent?“
„Vincent?“ Bas machte ein übertrieben nachdenkliches Gesicht. „Tja, der kann überall sein. Und wenn der ’ne Mieze aufgegabelt hat, taucht der heute gar nicht mehr auf.“
Micha ballte die Hände zu Fäusten, seine Fingernägel drückten sich in die Haut. „Und Iris?“
Bas lachte auf. „Oh, heißt sie Iris?“
„Ja!“ Das war Micha ziemlich barsch rausgeplatzt.
Bas stand auf und stellte sich direkt vor ihn. Er war zwei Köpfe größer als Micha und stank nach Schweiß, Bier und Zigaretten. Micha musste sich beherrschen, um nicht einen Schritt zurückzutreten. Bas legte einen Arm um ihn und klopfte ihm beruhigend auf die Schulter. „Du brauchst dir keine Sorgen um Iris zu machen. Vincent wird gut für sie sorgen.“ Dann drehte er sich grinsend um und rief: „Nehmen wir noch einen?“ Vom Tisch ertönte zustimmendes Gegröle und Bas schob sich an Micha vorbei, Richtung Bar. Die anderen schienen ihn vergessen zu haben. Sie hatten sich so weit vorgebeugt, dass ihre Köpfe beinah aneinander stießen, und quatschten wild drauflos.

Micha drehte sich um, ging zum Ausgang, und erst, als er draußen an der frischen Luft stand, kam er zu sich. „Shit!", zischte er und machte sich auf den Weg ins *Slof*. Wenn er den Eierkopf von Vincent heute noch zu sehen bekam, würde er ihm eine verpassen. Er rannte über die Straße und hasste sich noch mehr als auf dem Hinweg. Wieso hatte er auf dem Schulfest nicht versucht, Iris von dem Kerl wegzuholen.
Vollkommen außer Atem kam er ins *Slof* und sah sofort, dass Timo und Nicky schon fort waren. Nur Alex saß noch da, in eine Zeitschrift vertieft, und schien vergessen zu haben, dass er in einer Kneipe war. Micha ging zu ihm. „Hi!"
Erschrocken sah Alex auf. „Pst!", machte er und legte den Zeigefinger auf den Mund.
„Was ist?"
Alex zeigte zur Bar.
Micha warf einen Blick über die Schulter und erkannte einen langen, schmalen Rücken in einer schwarzen Regenjacke. „Und Iris?", flüsterte er.
„Nicht gesehen."
Micha nahm sich keine Zeit zum Nachdenken, sondern war in ein paar Schritten an der Bar.
„Vincent van Erkel!", sagte er laut.
Die schwarze Lederjacke kam langsam in Bewegung. Vincent drehte sich um und sah ihn an. Seine Augen waren schwer und das Grinsen um seinen Mund schien noch fetter als sonst.

Micha schluckte. „Wo ist Iris?"
Vincent antwortete nicht sofort, sondern nahm erst einen Schluck Bier. „Das geht dich nichts an."
„Was hast du mit ihr gemacht?" Michas Blut raste durch seine Adern, es kostete ihn Mühe, still zu stehen.
„Was ich gemacht habe?" Vincent dachte kurz nach und fing dann zu lachen an. „Was man halt macht mit jungen Mädchen." Er beugte sich vor und sah Micha glasig an. „Man zeigt ihnen, wie's geht!"
Michas Faust schoss nach vorn. Der Schlag traf Vincent am rechten Auge. Der schrie auf, während Micha ein stechender Schmerz durch die Hand fuhr. Vincent schwankte und fiel vom Barhocker. Micha stürzte sich auf ihn, bekam dabei aber einen Tritt in den Bauch und dann einen heftigen Schlag auf die Nase. Seine Fäuste fuchtelten wild durch die Luft, in der Hoffnung, Vincent zu treffen.
Der Barhocker fiel um, von überall kamen Stimmen. Plötzlich griffen Hände nach ihm. Micha wurde hochgezogen. Als er auf den Beinen stand, sah er sich wütend um, aber er wurde von irgendjemandem Richtung Ausgang geschoben.
„Raus mit den Typen", ertönte eine Stimme. „Randale könnt ihr woanders machen!"
Das musste der Barkeeper sein, schoss es Micha durch den Kopf. Er fühlte einen harten Stoß und landete auf dem Bürgersteig.

Am Bordstein blieb er schwankend stehen. Da wurde die Tür noch einmal aufgerissen.
„Hau ab!“, hörte er dieselbe Stimme.
Vincent flog auf die Straße, konnte nicht mehr stehen und fiel hin. „Ah!“, stöhnte er.
Micha stand wie angewurzelt da. Sollte er wegrennen? Sollte er sich auf Vincent stürzen?
Zum dritten Mal flog die Tür auf. Diesmal war es Alex, der ohne fremde Hilfe nach draußen kam. „Micha!“, rief er.
Vincent sah hoch, als er den Namen hörte, und sprang auf – viel schneller, als Micha erwartet hatte. Schnell ballte Micha die Fäuste vor seinem Gesicht, bereit, sich zu verteidigen.
Vincent fixierte ihn ein paar Sekunden und spuckte Micha dann vor die Füße. „Ach, die Schlampe kann mich mal!“ Er drehte sich um und ging.
Micha fühlte eine Hand auf der Schulter. „Lass ihn gehen“, sagte Alex.
Michas Knie wurden weich und Tränen sprangen ihm in die Augen. Verdammt, jetzt musste er auch noch heulen!
Alex zog ein Taschentuch heraus und fing vorsichtig an, Michas Gesicht sauber zu tupfen. „Himmel, du bist total blutig.“
Instinktiv ging Michas Hand zum Gesicht.
„Finger weg!“, sagte Alex streng. „Es ist nicht so schlimm, du hast Nasenbluten.“ Er drückte zwei Fin-

ger oben an die Nasenwurzel. „Bleib still stehen, wenn du kannst. Es ist gleich vorbei."
Micha rührte sich nicht und sah an Alex' Hand vorbei in dessen Gesicht. Er guckte ernst. Wahrscheinlich war es die Anspannung, die sich löste, denn plötzlich merkte Micha, wie sich tief unten in seinem Bauch ein Lachen nach oben kämpfen wollte. Er konnte sich gerade noch rechtzeitig beherrschen.
„So", nickte Alex fachmännisch, ließ Michas Nase los und nickte zufrieden. „Es blutet nicht mehr."
„Danke!", sagte Micha verlegen.
„Holst du dein Fahrrad?"
Micha nickte und ging los.
Erst als er auf seinem Rad saß und sie eine Weile gefahren waren, fühlte er sich wieder einigermaßen gut.
„Woher weißt du eigentlich so genau, was man bei Nasenbluten machen muss?"
Alex räusperte sich. „Wenn du wüsstest, wie oft ich in meinem Leben schon Nasenbluten gehabt habe. In euren Augen bin ich einfach ein Streber, niemand kümmert sich um mich. Aber auf meiner früheren Schule …"
„Was war auf deiner früheren Schule?"
„Da war ich der Prügelknabe der Klasse. Das war einfach so." Alex lachte kurz. „Ich hatte mindestens einmal in der Woche Nasenbluten, glaube ich."
„Hm …" Micha wusste nicht recht, was er sagen sollte.

„Dem Vincent hast du's aber ganz schön gegeben!"
„Wirklich?" Micha hatte keine Ahnung, wie oder ob er Vincent überhaupt getroffen hatte.
Aber Alex grinste. „Na klar! Der kommt Montag mit so 'nem dicken Auge in die Schule." Er steuerte mit einer Hand und zeigte mit der anderen ein Stück vom Auge weg.
Montag! Das Wort schoss kreuz und quer durch Michas Kopf und rollte dann nach unten in seinen Magen, wo es plumpsend aufschlug. Wie würde es mit Iris sein? Sollte er sie wirklich erst am Montag sehen? Das erschien ihm unendlich lang. Das Wochenende lag vor ihm wie eine tiefe Schlucht zwischen heute und Montag.
„Ich glaub, ich fahr noch kurz bei Iris vorbei", dachte Micha laut.
Alex sah ihn an. „Sicher?"
Micha nickte. „Ich biege da hinten rechts ab."
„Soll ich mitkommen?"
Micha schüttelte den Kopf und stoppte vor der Kreuzung. „Hey, Alex. Bevor ich es vergesse … Wieso warst du eigentlich noch im *Slof*?"
Alex blies eine Haarlocke aus dem Gesicht. „Als ich gehen wollte, kam Vincent rein. Da schien es mir ratsam, auf dich zu warten."
„Nett von dir!"
Alex lachte. „Na, ja. So ein Hasenfuß bin ich nun auch wieder nicht."

„Stimmt. Für einen Streber gar nicht schlecht!"
„Und für 'nen Schwulen?"
Micha nickte. „Auch für einen Schwulen! Mach's gut."
Er fuhr davon.
Alex hob die Hand und fuhr in die andere Richtung.

Micha hatte keinen blassen Schimmer, was er machen wollte, wenn er vor Iris' Haus stand. Und er wusste es noch immer nicht, als er in ihre Straße fuhr. Er hielt auf der anderen Seite und sah zum Haus hinüber. Durch die Gardinen im Wohnzimmer schien ein gelbes Licht, und ihm war, als hörte er Stimmen. Erst eine Männerstimme und dann eine Frauenstimme. Viel Zeit zum Rätseln blieb ihm nicht, denn kurz darauf wurde im obersten Stock eine Gardine zugezogen und dann noch eine. Sie ist da, dachte Micha. Die Gardinen schwangen noch kurz hin und her und blieben dann ruhig hängen.
Micha war erleichtert, holte tief Luft und beschloss, noch ein paar Minuten zu warten. Wer weiß: Vielleicht zog sie die Gardinen noch mal auf und würde ihn da unten entdecken. Vielleicht würde ja etwas passieren, das den ganzen Abend in einem anderen Licht erscheinen lassen würde.
Ein Blick auf Iris würde reichen, um ihm den Druck von der Brust zu nehmen.
Aber oben am Fenster blieb es dunkel. Die Gardinen

bewegten sich nicht und unten im Wohnzimmer blieb es auch ruhig.
Micha schwang sein Bein über die Stange und machte sich langsam auf den Nachhauseweg. Morgen, beschloss er, morgen werde ich sie anrufen. Aber selbst dieser Gedanke brachte keine Erleichterung.

Cycling like a zombie
Cycling all alone …

15

Er war nicht wachzukriegen gewesen. Seine Mutter erzählte beim Frühstück, sie habe sicher dreimal unten an der Treppe gestanden und ihn gerufen und er habe ihr sogar jedes Mal geantwortet.
Micha glaubte ihr nicht, jedenfalls konnte er sich an nichts erinnern. Er hatte gedacht, er würde kein Auge zutun, war aber sofort in einen unendlich tiefen Schlaf gefallen, aus dem er nur mit Mühe aufwachen konnte. Mit offenen Augen hatte er dagelegen, an die Decke gestarrt und den gestrigen Abend wie einen Film an sich vorbeiziehen lassen. Er fühlte ein Ziehen in seinem Körper, ohne ausmachen zu können, wo oder was es war.
Es war ein unangenehmes, quälendes Gefühl.
Als er aufstand, dröhnte sein Kopf wie verrückt, und als er in den Spiegel sah, entdeckte er die Schwellung an der linken Nasenseite und der Oberlippe. Jetzt sah er wirklich wie ein Zombie aus! Plötzlich erinnerte er sich wieder an den Schlafwagen-Blick von Vincent und das irritierende, dumme Grinsen auf seinen dicken Lippen.

Er fischte eine saubere Unterhose aus der Schublade und stieß mit den Fingern gegen die Schachtel Kondome, die er dort versteckt hatte. „Was man halt mit jungen Mädchen macht“, klang die träge Stimme von Vincent in seinem Ohr. Michas Magen zog sich zusammen.

Beim Frühstück starrte er auf sein Butterbrot, ohne ein einziges Mal abzubeißen.
„Was ist denn mit dir los?“, fragte Anneke, als sie sich zu ihm setzte.
Micha verstand zuerst nicht, was sie meinte.
„Dein Gesicht“, sagte sie und war plötzlich hellwach. „Das ist ja auf einer Seite total geschwollen!“
„Ach, das …“, reagierte Micha schläfrig.
„Was ist passiert? Hast du dich geprügelt?“
„Ich?“ Micha tat sein Bestes, um überrascht auszusehen. „Wie kommst du denn da drauf?“
Aber Anneke ließ sich nicht so leicht abspeisen und ehe sich Micha versah, stand sie hinter ihm und strich sein Haar aus der Stirn. „Und das hier?“, rief sie jubelnd, als ob sie sich über ihren Beweis freuen würde. „Hier ist eine Beule!“ Ihre Finger zeigten die Größe eines Taubeneies an.
Micha zog schnell den Kopf zurück. Wie ärgerlich, dass Mütter immer meinten, sie könnten einfach so an einem herummachen.
Mit einer Handbewegung schob er sein Haar zurück

in die Stirn. „Okay“, sagte er. „Ich habe gestern nicht gut aufgepasst und bin gegen eine Straßenlaterne gekracht. Zufrieden?“

„Gegen eine Straßenlaterne?“ Sigrid stand in ihrem Nachthemd im Türrahmen. „Wie ist das denn passiert?“

„Genau“, stimmte ihr Anneke zu, die sich Micha wieder gegenüber setzte. „Das wüsste ich auch gern!“

Micha seufzte. „Das hab ich doch gesagt, es ist einfach passiert. Wir sind auf dem Bürgersteig gefahren, ich hab zur Seite gesehen …“

„… zu Iris!“, unterbrach Sigrid kichernd.

Micha tat, als hätte er nichts gehört. „… und da war diese dämliche Laterne. Bums! Das ist alles.“

„Hm.“ Anneke sah ihn untersuchend an. „Und dein Rad?“

„Was?“

„Ist dein Fahrrad in Ordnung?“

„Ja, das hat nichts abgekriegt.“

„Zum Glück!“ Anneke nahm sich eine Scheibe Brot und bestrich sie sorgfältig mit Butter.

Micha stopfte sich sein Butterbrot in den Mund und stand auf. „Ich bin beim Fußball“, murmelte er mit vollem Mund und ging mit großen Schritten aus dem Zimmer.

„Pass auf die Straßenlaternen auf!“, rief ihm Sigrid hinterher.

Da stand er nun auf dem Fußballfeld und ließ einen Ball nach dem anderen passieren. Timo war wegen seines Knöchels natürlich nicht da und verrückterweise war Micha das diesmal ganz recht. Er war sich nämlich sicher, dass Timo ihn so lange genervt hätte, bis er dahinter gekommen wäre, was gestern passiert war.
Nach dem Training sprach ihn van Dijk, der Trainer, an. „Was ist denn in letzter Zeit mit dir los?"
„Wieso?"
„Dein Spiel ist unkonzentriert. Du eierst von einer Seite zur anderen, lässt Bälle durch und spielst nicht präzise an."
Micha runzelte die Stirn. Er hatte schon genug um die Ohren und keine Lust, sich auch noch um Fußball zu kümmern.
„Ich seh mir das jetzt noch ein paar Trainingsstunden lang an", drohte van Dijk, „und wenn es dann nicht besser geworden ist, nehm ich dich aus der Mannschaft. Verstanden?"
Micha nickte. Noch vor zwei Wochen hätte er es als gewaltige Niederlage empfunden, eventuell auf die Reservebank zu kommen. Aber heute dachte er bloß, dass das jetzt auch keine Rolle mehr spielte.
„Was ist denn mit deinem Gesicht passiert?", fragte van Dijk jetzt mit besorgter Stimme.
Micha zuckte mit den Schultern. „Ist gestern alles ein bisschen aus dem Ruder gelaufen."
„Wenn ich du wäre, würde ich es in nächster Zeit et-

was ruhiger angehen lassen." Er klopfte Micha auf die Schulter. „Jetzt zieh dich mal an, sonst erkältest du dich noch."
Micha machte sich auf den Weg zu den Umkleidekabinen. Ruhiger angehen lassen, zischte er. Der Mann hatte ja keine Ahnung!

„Hat wer für mich angerufen?", fragte Micha, als er, die Sporttasche noch in der Hand, in die Küche kam.
„Du meinst sicher Iris." Sigrid saß mit einem Comicheft am Küchentisch. Sie ließ mal wieder keine Möglichkeit aus, eine spitze Bemerkung zu landen.
Micha ließ die Sporttasche fallen und warf Sigrid einen bösen Blick zu. „Gibt es ein Mittel gegen Schwestern in der Pubertät?", fragte er Anneke, die in einem großen Suppentopf rührte.
„Ja sicher", sagte Anneke verträumt.
„Was denn?", wollte Sigrid wissen.
Anneke sah vom Suppentopf auf. „Da ist ein Anruf gewesen. Wer war's doch gleich?"
Michas Herz fing für eine Sekunde an zu schweben.
„Ach, natürlich! Timo hat angerufen. Ob du zurückrufen willst."
Micha schmierte sich ein Butterbrot mit Erdnussbutter und klappte es zusammen. „Sonst noch wer?", fragte er so cool wie möglich.

„Nein." Anneke schüttelte den Kopf. „Sonst niemand."
„Ich geh nach oben." Drei Stufen auf einmal nehmend, rannte er die Treppe hoch.
„Räumst du deine Tasche nicht weg?", rief ihm Anneke hinterher.
„Mach ich gleich." Er ließ sich aufs Bett fallen und biss in sein Butterbrot. Gleich würde er Iris anrufen, aber vorher wollte er sich überlegen, was er sagen würde. Er hatte noch keinen guten Einstieg. *Hi, Iris. Wie geht's? Ich …* Fieberhaft dachte er darüber nach, wie es weitergehen sollte. Aber mehr als „Ich dachte, ich ruf dich mal an", fiel ihm nicht ein. Andere Sachen schossen ihm durch den Kopf: Warum war sie selbst noch nicht auf die Idee gekommen, ihn anzurufen? Schließlich war sie diejenige gewesen, die ihn zum Teufel gejagt hatte. Sie könnte wenigstens zugeben, dass sie überreagiert hatte, und ihm versichern, dass die Sache mit Vincent bedeutungslos war. Komischerweise machte es ihm überhaupt keine Mühe, sich dieses Gespräch vorzustellen.
„Mach dir keinen Kopf", würde er sagen. „Komm, wir treffen uns heute. Ich wollte dich gerade auch anrufen." Das Letztere musste locker und selbstbewusst klingen. Micha dachte sich immer wieder neue Wendungen aus, um das Gespräch auf geschickte Weise in die gewünschte Richtung zu lenken, und jedes Mal endete es in einer großen Versöhnung. Zwischendurch spitzte

er die Ohren, um das Telefon unten im Flur nicht zu überhören, aber eine geschlagene Stunde lang passierte nichts. Gerade als er die Hoffnung aufgeben wollte und ihm klar wurde, dass tatsächlich er den ersten Schritt machen musste, klingelte das Telefon.

Er sprang auf und stürmte zur Tür. Oben an der Treppe blieb er stehen und hörte Annekes Stimme. Als sie weiterredete und lachte, war klar: Es war nicht für ihn. Gerade als er sich enttäuscht umdrehen wollte, rief Anneke dann doch noch seinen Namen. „Micha, Telefon!“ Er stürzte die Treppe hinunter.

„Also!“, hörte er Anneke protestieren, als er ihr ungeduldig den Hörer aus der Hand riss.

„Ja? Hallo, ich bin's!“, keuchte er in den Hörer.

„Hallo, Micha.“ Es war Timo.

„Shit!“

„Was?“

„Nichts, schon gut.“ Micha versuchte sich schnell wieder einzukriegen, trotzdem klang seine Stimme enttäuscht. „Wie geht's?“

„Fantastisch!“

„Schön.“ Am liebsten hätte Micha jetzt aufgelegt, aber das ging natürlich nicht. „Hat es mit euch beiden noch geklappt?“, fragte er mehr aus Höflichkeit als aus Interesse.

„Tja ...“ Timos Stimme klang geheimnisvoll. „Das kann man wohl sagen!“

„Prima! Wie geht's deinem Fuß?“

„Viel besser.“ Timos Stimme überschlug sich vor Freude.
Das verschlechterte Michas Laune erst recht. „Wunderbar“, versuchte er so herzlich wie möglich zu sagen, aber dann war er am Ende mit seinem Latein und es entstand eine merkwürdige Pause in ihrem Gespräch.
„Und wie geht es dir?“, fragte Timo nach ein paar Sekunden.
„Beschissen!“
„Wo bist du gestern Abend eigentlich noch hingegangen?“
Micha seufzte. „Iris suchen.“
„Und, gefunden?“
„Nein. Dafür hab ich mich mit Vincent geprügelt.“
„Mit Vincent?“ Timos Stimme schallte durch den Hörer. „Wie hast du das denn angestellt?“
„Als ich zurückkam, war er im *Slof*.“
„Himmel, du hast ein Schwein!“
„Hm.“ Micha sah in den Augenwinkeln, dass Anneke in der Küche stand. „Hey, Timo. Ich mach jetzt Schluss. Tschüs!“
„Warte mal! Sollen wir uns verabreden?“
„Keine Zeit.“ Micha legte auf.
Als er wieder die Treppe hochgehen wollte, stand Anneke plötzlich in der Küchentür. Sie reichte ihm seine Sporttasche. „Die Straßenlaterne heißt also Vincent?“, fragte sie vorsichtig.

Micha nickte.
Anneke sah ihn nachdenklich an. „Möchtest du gleich einen Teller Suppe?“
„Gern. Ruf mich einfach.“ Micha rannte mit der Sporttasche nach oben. Wenn er Glück hatte, würde sie ihn nicht weiter ausquetschen.

Abends im Bett ärgerte er sich über sich selbst, weil er Iris doch nicht angerufen hatte. Dreimal war er so weit gewesen und dreimal hatte er auf dem Treppenabsatz wieder kehrt gemacht.
Beim Abendessen hatte Kees gefragt, ob Micha noch ausgehen wolle, aber Micha hatte den Kopf geschüttelt.
„Und was ist mit Iris?“ Sigrid konnte es nicht lassen.
„Besorg du dir erst mal selbst einen Freund, dann reden wir weiter!“, hatte Micha sie angeschnauzt. Das hatte geholfen. Sigrid war feuerrot geworden und außer einem Tritt unter dem Tisch hatte Micha für den Rest des Essens seine Ruhe gehabt.
Anneke hatte ihm ab und zu einen prüfenden Blick zugeworfen, aber nichts gesagt. Micha wusste, dass sie einiges vermutete, doch auch sie hatte ihn für den Rest des Abends in Ruhe gelassen.
Um zwei Uhr traf er definitiv eine Entscheidung: Am Morgen würde er Iris anrufen.

Morgens um halb zehn schlich er die Treppe hinunter. Es war Sonntag. Im Haus war es noch still, aber Micha hatte keine Ruhe mehr. Mit zitternden Fingern wählte er Iris' Nummer.

Als er die letzte Zahl gedrückt hatte, wurde ihm klar, dass bei Iris ja auch noch alle schlafen könnten, aber um aufzulegen, war es zu spät. Gleich nach dem ersten Klingeln wurde abgenommen.

„Ja?“, klang die Stimme von van Benthem kurz angebunden.

Micha schluckte. „Guten Morgen, hier ist Micha.“

„Micha?“ Van Benthems Stimme überschlug sich. „Micha, ach ja.“

„Darf ich Iris sprechen?“

Es blieb still.

„Wer ist das?“, hörte Micha eine Stimme im Hintergrund fragen. Van Benthem brummte etwas, der war natürlich sauer, dass er wachgeklingelt worden war.

„Was willst du?“, fragte van Benthem barsch.

„Darf ich Iris sprechen?“ Micha versuchte so höflich wie möglich zu klingen.

„Nein.“

Bevor er reagieren konnte, wurde die Verbindung unterbrochen.

Micha blieb verblüfft stehen, den Hörer immer noch in der Hand. Alles war so schnell gegangen, dass er kaum begreifen konnte, was geschah. Bloß weil van Benthem wachgeklingelt wurde, brauchte er doch nicht derart

sauer zu werden. Oder hatte das andere Gründe? Vielleicht wollte Iris ja wirklich nichts mehr von ihm wissen und hatte das ihren Eltern gesagt. Das schien ihm auf einmal das Wahrscheinlichste.
Mit einem Knall pfefferte er den Hörer auf die Gabel. Den Anruf hätte er sich sparen können!

16

Lustlos radelte Micha am Montagmorgen zur Schule. Er war sowieso kein Fan von Montagen, aber diesmal war es noch schlimmer als sonst. Er hatte keinen blassen Schimmer, was er zu Iris sagen sollte und was er tun musste, wenn er Vincent sah. Das Letztere wurde zum Glück kein Problem, denn Vincent war weit und breit nicht zu sehen. Iris auch nicht, und das war sehr wohl ein Problem! Ihr Platz war leer, als er in den Matheraum kam, aber ihm blieb keine Zeit, darüber nachzudenken.

„Mann, du siehst ja aus!", rief Timo, sobald er Micha sah.

Alex kam auch dazu und nahm Micha kritisch unter die Lupe. „Es geht noch", war sein Urteil. „In zwei Tagen ist das weg."

„Wir fangen an", sagte van Swinden. Jeder setzte sich auf seinen Platz. Van Swinden ging die Anwesenheitsliste durch. „Weiß jemand, was mit Iris ist?" Micha sah sich um, aber niemand reagierte auf die Frage. Stattdessen wurden ihm fragende Blicke zugeworfen.

Van Swinden fing an, einen Test auszuteilen, und

Micha war klar, dass nicht mehr als eine Fünf dabei rauskommen würde. Aber das war ihm egal. Er starrte auf die Aufgaben und trug hier und da ein paar Zahlen ein, die ihm wahrscheinlich erschienen.

Nachdem sie ihre Blätter abgeben mussten, blieben noch zehn Minuten. Van Swinden setzte den Unterricht fort und Micha starrte auf Iris' leeren Stuhl. Ob sie krank war? Als er sich gerade fragte, wie er dahinter kommen sollte, wurde er von einem merkwürdigen Grunzen aus seiner Grübelei geholt. Timo stieß ihn an und zeigte nach draußen, wo Vincent vorbeiging.

Die Lederjacke trug er offen und die Schultasche hatte er lässig über die Schulter geworfen, aber abgesehen davon sah er beschissen aus. Sein linkes Auge war blau und geschwollen. Micha sah ihn angewidert an. Hatte er das getan? Er wusste gar nicht, dass er so stark war.

Hinten im Raum fing plötzlich jemand lauthals zu lachen an, tief und voll. Ein Lachen, wie es Micha noch nie gehört hatte.

„Alex?", erkundigte sich van Swinden ungläubig, als hätte er Angst, dass Alex gleich wahnsinnig werden würde.

Aber Alex bog sich vor Lachen und zeigte zum Fenster. „Der sieht aus!", brachte er mühsam zwischen zwei Lachanfällen heraus.

„Alex, reiß dich zusammen!", rief van Swinden, aber da hatte der Rest der Klasse Vincent ebenfalls entdeckt.

Alle lachten los, außer Micha, dem Vincent gestohlen bleiben konnte. Stattdessen starrte er auf das Muster der Tapete und hätte sich am liebsten in Luft aufgelöst.
Vincent war schon längst vorbei, aber in der Klasse blieb es unruhig. Alex kicherte immer wieder los, und wenn man dachte, jetzt ist's vorbei, kam wieder ein neuer Anfall.
„Was ist heute mit dir los, Alex?“, fragte van Swinden nach dem fünften Lachanfall entnervt.
„Dasselbe wie gestern!“, prustete Alex und lachte schon wieder los.
„Was ist denn mit Alex dem Streber am Wochenende passiert?“, flüsterte Timo überrascht.
Micha zuckte mit den Schultern. „Keine Ahnung!“
Van Swinden seufzte erleichtert, als es klingelte. „Bis morgen! Ich werde versuchen, den Test bis dahin durchzusehen.“
„Nicht nötig“, rief Eric, aber sein Kommentar ging im allgemeinen Aufbruch unter.
Micha packte seine Tasche und schlenderte nach draußen. Im Flur wurde er von Alex an der einen Seite und Timo an der anderen flankiert. „Hast du den gesehen?“, fragte Timo.
„So'n Auge!“
Alex grinste.
Wie ein Held wurde Micha auf dem Weg zum Deutschraum durch den Flur eskortiert. Timo machte nach,

wie Vincent über den Schulhof gegangen war, und Alex berichtete jedem, der es hören wollte, von der Schlägerei im *Slof.* So ist es also, ein Held zu sein, dachte Micha düster. Als sie beim Deutschraum ankamen, wusste die ganze Klasse von seiner Heldentat.

Frau van Eijk klatschte in die Hände, um für Ruhe zu sorgen. „Junge, Junge!", rief sie. „Und das am Montagmorgen! Hat sich die Nationalelf angemeldet oder was ist hier los?" Obwohl sie eine kleine, zierliche Frau war, hatte sie eine kräftige Stimme. Tatsächlich wurde es still. In dem Moment flog die Tür auf. Iris!, schoss es Micha durch den Kopf. Aber es war Dunja.

„Du kommst zu spät", tadelte sie Frau van Eijk. Dunja nickte und setzte sich schnell auf ihren Platz. „Holt bitte die Bücher raus."

Micha fiel ein, dass Iris heute Nachmittag zu van Eijk kommen sollte. War sie deswegen nicht da? Dunja drehte sich um und winkte ihm, aber Micha verstand nicht, was sie wollte. Dunja runzelte die Stirn und sah wieder nach vorne.

Frau van Eijk fing an, auf komplizierte Weise Formen des Genitivs zu erklären. Micha lauschte ihrer Stimme, die gleichmäßig vor sich hin plätscherte. Langsam aber sicher verbanden sich ihre Worte miteinander und schwebten zur Decke. Er tat nichts dagegen und machte noch nicht einmal den Versuch, den Inhalt ihrer Worte zu verstehen, sondern ließ sich langsam auf dem Wortstrom von Frau van Eijk treiben. Wie lange er so vor sich hin gedöst hatte, wusste er nicht. Jedenfalls wurde er plötzlich wach, als eine Papierkugel auf seinen Tisch fiel. Irritiert sah er sich um. Ihm war heute nicht nach Scherzen, aber Dunja machte ihm mit Zeichen klar, er solle den Zettel lesen. Warum konnte sie ihn nicht in Ruhe lassen?, dachte Micha genervt und faltete den Zettel auseinander.

Iris ist weg!, stand da mit blauem Kugelschreiber geschrieben, sonst nichts. Micha sah auf. „Wohin?“, fragte er lautlos.

Dunja zuckte mit den Schultern.

„Und jetzt du, Dunja“, sagte Frau van Eijk. Dunja drehte sich schnell nach vorn und fing zögernd und mit leiser Stimme an zu sprechen.

Micha starrte zur Tafel, wo der Satz Buchstabe für Buchstabe vor seinen Augen erschien. Iris ist weg. Was meinte Dunja damit?

Die Zeit ging nur schleppend vorbei, und als es klingelte, stürmte Micha nach draußen. „Dunja, Dunja!“ Seine Stimme hallte durch den Flur. Er hatte schon wieder vergessen, dass er sich heute wegen Vincent im Hintergrund halten wollte.

Dunja blieb mitten im Flur stehen. „Komm!“, flüsterte sie und zog ihn in eine ruhige Ecke.

„Wusstest du’s schon?“, fragte sie mit ernster Stimme.

„Nein.“

Dunja sah ihn immer noch ernst an.

„Himmel, Dunja! Nun sag schon, was ist los?" Micha wurde ungeduldig.
„Ich ...", sagte sie nervös, „ich weiß eigentlich nicht, ob ich's dir sagen darf."
„Was?"
„Sie ist weg. Seit Samstag."
Micha fühlte, wie das Blut in seinen Adern pochte.
„Wohin?"
Dunja zuckte mit den Schultern. Ihre Unterlippe zitterte, sie sah aus, als würde sie jeden Moment losheulen.
„Du weißt nicht, wo sie hin ist?"
Dunja schüttelte den Kopf. „Sonntagmorgen hat mich Iris' Mutter angerufen und gefragt, ob sie bei mir ist. Ich hab überhaupt nichts begriffen und Nein gesagt. Iris ist nie sonntagmorgens bei mir." Dunja schwieg und sah ihn mit großen Augen an, als ob sie etwas von ihm erwarten würde.
Micha nickte nur. „Und weiter?"
„Ich wollte sie heute Morgen abholen. Ihre Mutter hat die Tür aufgemacht und gesagt ...", Dunja holte tief Luft, „... dass sie nicht da ist. Dass sie schon seit Samstag weg ist."
„Seit Samstag ..." Das waren zwei Nächte. Langsam wurde Micha klar, was das bedeutete.
„Ihre Mutter war ziemlich aufgeregt und ich hab auch noch gefragt, warum Iris weg ist. Da hat sie gesagt, Iris hätte mit ihrem Vater gestritten." Dunja schwieg und

sah Micha direkt in die Augen. „Weißt du, ich versteh's einfach nicht. Iris hat mir mal erzählt, dass es zu Hause Probleme gab, aber sie wollte nie sagen, was genau. Ihre Mutter war immer nett und gut gelaunt und jetzt hätte sie beinah geheult."

Micha trat nervös von einem Bein aufs andere. Jetzt verstand er, warum van Benthem Sonntagmorgen am Telefon so schroff gewesen war. Der hatte natürlich gedacht, dass Iris anrufen würde. Er holte tief Luft. „Und jetzt?"

Dunja gab keine Antwort, sondern starrte in den leeren Flur. „Komm", sagte sie. „Wir müssen zu Niederländisch."

„Und Iris?"

Dunja geriet in Panik. „Ich weiß doch auch nicht! Ich hatte gehofft, dass du was weißt. Haben dich ihre Eltern denn nicht angerufen?"

Micha schüttelte den Kopf. Van Benthem war Sonntagmorgen natürlich gleich klar geworden, dass Micha auch nicht wusste, wo Iris steckte.

„Und Iris? Hat die dich nicht angerufen?", fragte Dunja verzweifelt.

Micha wurde feuerrot. „Nein."

„Ihr habt euch Freitagabend gestritten, nicht wahr?"

Micha nickte.

Dunja zog ihn am Ärmel. „Komm."

Micha schüttelte den Kopf. „Geh du ruhig, ich nicht."

Dunja nickte und lief weg. Ihre Schritte hallten in dem langen Flur. Erst als es still war, sah sich Micha um. Der Unterricht hatte begonnen, alle Türen waren geschlossen. Er ging in Richtung Toiletten, weil er einen Platz brauchte, um in Ruhe nachzudenken.

17

Sein Gesicht im Spiegel sah eigenartig aus. Die Wange war immer noch geschwollen und auf dem Kinn bekam er zu allem Überfluss auch noch einen Pickel. Ansonsten war er leichenblass, sein Kopf dröhnte, als wollte er platzen.
Van Benthem glaubte anscheinend, er könnte machen, was er wollte. Ein paar Sekunden lang starrte sich Micha im Spiegel an. Dann riss er die Toilettentür auf und ging durch den Flur. Er drückte die gläserne Zwischentür auf und ging weiter, bis er zur blauen Tür des Direktorzimmers kam. Er stürmte ohne anzuklopfen hinein und sah zwei Männer, die sich verdutzt zu ihm umdrehten.
„Was willst du?“, rief einer von ihnen. Es war van Benthem. Micha blinzelte mit den Augen. Er sah van Benthem mitten ins Gesicht, das wie immer glatt rasiert und gepflegt war. Die grauen Haare waren ordentlich gekämmt und die blauen Augen sahen ihn eiskalt an. In diesem Gesicht konnte Micha keine Spur von Besorgtheit erkennen.
Plötzlich knackte bei Micha etwas, tief im Innern.

Micha stürzte sich auf van Benthem und packte ihn an den Aufschlägen der Anzugjacke. „Wo ist Iris?“, schrie er. „Wo ist sie?“

Van Benthems Gesicht erstarrte.

„Was fällt dir ein, du mieser Kerl? Die eigene Tochter verprügeln!“

Van Benthem umklammerte Michas Handgelenke, und im selben Moment wurde er von hinten bei den Schultern gepackt. „Loslassen!“, befahl Herr de Jong, der Konrektor, hinter Michas Rücken.

Michas Griff lockerte sich, ohne dass er van Benthem auch nur eine Sekunde aus den Augen ließ. „Ich habe die blauen Flecken gesehen! Iris hat mir alles erzählt!“

Es war ein Volltreffer, das sah er.

Van Benthem schnappte nach Luft, hob eine Hand und zeigte zur Tür. „Unverschämtheit!“, brüllte er. „Raus! Du kriegst einen Verweis. Ich will dich nicht mehr sehen!“ Er schrie so laut, dass es sicher drei Zimmer weiter noch zu hören war.

Der Konrektor zog Micha weg, aber der wehrte sich heftig.

„Scheiß Säufer!“, rief Micha noch. Dann stand er im Flur, die Tür wurde zugeschlagen. Ausgelaugt starrte Micha den Konrektor, der ihn noch immer am Arm festhielt, an.

De Jong sah geschockt aus. „Das sind schwer wiegende Beschuldigungen“, sagte er streng.

Micha riss sich los. „Es ist wahr!“

De Jong betrachtete ihn aufmerksam. Micha dachte *Jetzt!* und rannte los. Die Glastür flog auf, er stürzte zum Kleiderhaken, riss seine Jacke los und weg war er.

Erst auf dem Fahrrad wurde ihm klar, was er getan hatte. Er hatte van Benthem mitten ins Gesicht gesagt, dass er ein Säufer war. Das stimmte und deswegen brauchte er sich nicht zu schämen. Und er hatte einen Verweis bekommen, was ihm eigentlich egal sein konnte. Automatisch trat er in die Pedalen, fuhr den Straatweg runter, fädelte sich in den Kreisverkehr ein und bog dann in die Molenlaan.
Er hielt vor Iris' Haus und lehnte sein Rad gegen den Gartenzaun. Die Gardinen waren zugezogen. Das war das Erste, was ihm auffiel. Micha ging durch den Vorgarten zur Tür und klingelte. Ein Dreiklang hallte durchs Haus. Micha spitzte die Ohren, ob er Schritte hören konnte, aber nichts passierte. Er klingelte noch einmal, diesmal länger. Aus dem Augenwinkel sah er, wie sich die Gardine bewegte. Noch mal drückte er auf die Klingel. Er würde nicht eher weggehen, bis er mit Iris' Mutter gesprochen hatte. Drinnen wurde eine Zwischentür geöffnet, er hörte ein Schlurfen und dann das Klicken des Türschlosses. Frau van Benthem sah vorsichtig durch den Türspalt. Ihre blonden Haare waren zerzaust und auf ihrem Gesicht waren lauter rote Flecken.

Es ist also wahr, dachte Micha. Zwei Tage, das sind achtundvierzig Stunden, plus die Stunden von heute. Wie von selbst fing er an, eine absurde Rechnung aufzustellen, die sogar Minuten und Sekunden mit einbezog.

„Ja?" Frau van Benthem unterbrach seine Gedanken. Ihre Stimme war leise.

„Guten Morgen." Micha stockte. „Ich bin Micha, erinnern Sie sich noch?"

„Ach ja, Micha." Ihr Gesicht wurde freundlicher.

„Darf ich reinkommen?"

Zögernd öffnete Frau van Benthem die Tür. „Komm herein." Sie ging voraus ins Wohnzimmer.

Micha schloss die Haustür und folgte ihr unsicher. Erst jetzt sah er, dass Frau van Benthem noch ihren Morgenmantel anhatte. Er war hellblau, aus weichem Material. An den Füßen trug sie beige Pantoffeln mit Absatz.

Sie setzte sich an den Tisch im Wohnzimmer und wies ihm, ohne ihn anzusehen, einen Platz gegenüber zu. Sie schüttelte eine Zigarette aus ihrer Schachtel, nahm das Feuerzeug, das vor ihr auf dem Tisch lag, und zündete sie an. Dies alles passierte im Schneckentempo, und erst als sie den Rauch ausblies, sah sie Micha an.

„So, Micha ..." Ihre Stimme klang immer noch leise. „Du weißt es schon, was?"

Micha nickte.

„Und wo sie steckt, weißt du wahrscheinlich auch nicht?"

Micha schüttelte den Kopf.
„Hat sie dich angerufen?"
Micha seufzte. Jetzt fragte Frau van Benthem genau das Gleiche wie Dunja. Er starrte auf das Holzparkett. Es war im Fischgrätenmuster verlegt. „Wir hatten Probleme am Freitagabend", murmelte er.
„Ach, deshalb."
Micha sah auf. „Wie bitte?"
„Es sah aus, als ob Iris geweint hätte, als sie reinkam." Frau van Benthem sah über Michas Kopf hinweg in den Garten. „Es dauerte keine Minute und Iris und Henk hatten Streit."
Micha betrachtete sie aus den Augenwinkeln. Henk musste van Benthem sein. „Weiß es schon die Polizei?", fragte er schüchtern.
Iris' Mutter starrte noch immer nach draußen und schüttelte den Kopf. „Nein, das will Henk auf keinen Fall. Stell dir mal vor, die Schande!"
„Aber wenn etwas passiert ist!"
Plötzlich sah sie ihn an. „Henk sagt, sie wird reumütig zurückkommen. Aber ich habe solche Angst ..." Sie stockte, hielt die Hände vors Gesicht und weinte. Die Tränen tropften auf den Tisch.
Micha blieb wie gelähmt sitzen und starrte die blonde Frau an, die Iris' Mutter war. Ihre Schultern zuckten auf und ab. Sollte er sie trösten? Wie machte man das bei einer Frau im Morgenmantel? Vielleicht war ein Glas Wasser das Beste. Micha stand auf, froh, eine Be-

schäftigung gefunden zu haben. Er ging in den Flur und suchte nach der Küche. Die erste Tür, die er öffnete, führte zur Toilette, die zweite in die Küche. Micha sah sich um, konnte aber kein Glas und keine Tasse entdecken. Merkwürdig war das. Alles hier war für Iris total vertraut. Er öffnete einen Schrank, fand Weingläser, nahm eins heraus und füllte es mit Leitungswasser.

Als er wieder ins Wohnzimmer zurückkam, hatte sich Frau van Benthem aufgerichtet und starrte wieder in den Garten. Vorsichtig reichte Micha ihr das Glas Wasser. „Bitte schön", sagte er.

Sie nahm das Glas und trank ein paar Schlucke. Die Tränen liefen ihr noch immer über die Wangen. Stille Trauer konnte Micha noch viel weniger ertragen als Trauer, die man hören konnte. Himmel, Iris, dachte er, wenn du mich hier sehen könntest!

Plötzlich hatte er eine Idee. „Ich muss mal zur Toilette", murmelte er. Frau van Benthem schien ihn nicht zu hören und Micha flitzte aus dem Zimmer.

Na also, dachte er, als er die Toilettentür öffnete. Er hatte also gerade richtig gesehen: An der Tür hing ein Geburtstagskalender.

Er schloss die Tür, nahm den Kalender vom Haken, setzte sich auf den Klodeckel und fing an ihn durchzublättern. Es war so ein hässliches Ding mit Landschaftsmotiven.

Er zitterte vor Aufregung, denn ihm war eingefallen,

dass Iris die Wohnungsschlüssel von irgendeiner Tante hatte. Allerdings hatte er deren Namen vergessen.
Sein Finger glitt an den Tagen von Januar und Februar entlang. An einigen Stellen stand ein Name mit Geburtsdatum. Frederieke, Saskia, Ton, Papa. Hastig blätterte Micha weiter. Ernst, Elsbeth. Er sah auf. Elsbeth, war es der Name gewesen? Aber die Jahreszahl dahinter war 24. Nein, so alt konnte sie noch nicht sein. April, Mai. Seine Augen rasten über die Blätter. Es war etwas mit E, da war er sich sicher. Ellen, er seufzte erleichtert. Da stand es: 18. Juni, Ellen van B., 60. Das musste sie sein.
Micha stand auf. Er blätterte den Kalender zurück zu den Monaten September/Oktober, hängte ihn wieder auf und drückte auf die Spülung.
Als er ins Zimmer zurückkam, sah Frau van Benthem auf.
„Danke fürs Wasser."
Micha holte tief Luft. „Wissen die Verwandten Bescheid?"
„Nicht alle. Meine Schwester ist in Urlaub und mit Henks Bruder haben wir kaum Kontakt. Henk hat noch eine Schwester in Utrecht, aber die ist am Wochenende scheinbar nicht zu Hause gewesen. Der hat er, glaube ich, auf den Anrufbeantworter gesprochen."
„Wo wohnt sie?"
Frau van Benthem sah ihn verwundert an. „In der

Voorstraat, aber sie hätte sicher zurückgerufen, wenn sie zu Hause gewesen wäre."
Micha nickte. „Ich geh jetzt. Würden Sie mich anrufen, wenn Sie etwas hören?" Plötzlich fühlte er sich wie ein Detektiv aus dem Fernsehen.
Frau van Benthem starrte schon wieder vor sich hin und nickte.
„Ich finde den Weg zur Tür allein. Auf Wiedersehen."
„Tschüs, Micha", hörte er hinter sich, als er aus dem Zimmer ging. Schnell verließ er das Haus.

18

Um drei Uhr stieg Micha auf dem Utrechter Hauptbahnhof aus dem Zug. Während der Fahrt hatte er versucht, die Ereignisse der letzten Tage zu ordnen, was ihm aber nicht gelungen war, weil ihm seine Gedanken wie auf einer Achterbahn kreuz und quer durch den Kopf schossen. Er änderte immer wieder seine Meinung und am Ende wusste er gar nicht mehr, was er dachte. War es eine gute Idee gewesen, nach Utrecht zu fahren oder nicht? Er vermutete, dass sie hier war, aber was sollte er tun, wenn er sich geirrt hatte? Hätte er seine Eltern einweihen sollen? Sie würden nur eine Nachricht von ihm finden, dass er zu Iris gefahren sei. *PS.*, hatte er hinzugefügt, *bitte sprecht nicht mit den Eltern von Iris. Ich rufe euch heute Abend an.* Ein bisschen merkwürdig war der Text schon. Wahrscheinlich konnten seine Eltern nicht viel damit anfangen.

Micha sah sich auf dem Bahnsteig um. Mit dreizehn war er schon mal hier gewesen, um mit seiner Mutter im Einkaufszentrum am Bahnhof Klamotten zu kaufen. Er konnte sich nur noch daran erinnern, dass alles, was seine Mutter vorgeschlagen hatte, in seinen Augen total daneben gewesen war. Das Ergebnis dieses Tages hatte dementsprechend ausgesehen: Sie waren beide schlecht gelaunt und ohne Einkäufe in den Zug gestiegen.

Micha entdeckte einen Wegweiser zum Ausgang und beschloss, ihm zu folgen. Hunderte von Menschen gingen in diese Richtung, das musste also richtig sein. Im Zug hatte er überlegt, wieso er glaubte, dass Iris nichts passiert war. Sie hatte in allem immer so sicher gewirkt, dass er auch jetzt davon ausging, dass sie wusste, was sie tat. Er folgte noch immer den Ausgangsschildern durch schier endlose Gänge. Immer wieder sah er neue Geschäfte und noch mehr Schilder mit dem Hinweis Ausgang. Wenn er hier nach links ging, kam er zum Ausgang, und wenn er hier nach rechts ging, auch. Was für ein Irrgarten! Nach einer Weile kam er zu einer Rolltreppe, und unten, er konnte es kaum glauben, sah er Tageslicht.

Als er draußen stand, atmete er erleichtert durch. Jetzt noch zur Voorstraat. Auf dem Platz vor dem Einkaufszentrum entdeckte er ein Schild mit einem „i“ für Information. Es war ein Stadtplan, auf dem er die Voorstraat schnell fand. Zum Glück war die nicht weit weg, er konnte zu Fuß gehen. Mit dem Finger fuhr er die Route entlang, da fiel ihm etwas ein: Er wusste die Hausnummer nicht. Micha schlug den Jackenkragen hoch und überquerte den Platz.

Am Anfang der Voorstraat war ein Blumenladen. Micha zögerte. Waren Blumen übertrieben? Seine Hand glitt in die Hosentasche. Dort hatte er noch einen 25-Gulden-Schein, ein paar Silbermünzen und Kleingeld. Ehe er sich's versah, stand er im Laden.
Der Mann hinter der Theke nickte ihm zu. „Guten Tag, junger Mann."
Seine Stimme klang genauso frisch wie all die Blumen um Micha herum.
„Haben Sie Iris?"
„Natürlich." Der Mann kam hinter der Theke hervor. „Verkaufe ich Blumen oder nicht?"
Um dem Mann eine Freude zu machen, lächelte Micha. Er hatte absolut keine Ahnung, wie eine Iris aussah. Dass sie blau waren und spitz zuliefen, war eine Überraschung. Und dass sie so lange Stiele hatten, auch.
Er hatte eher an eine unauffällige, kleine Blume gedacht, rosa oder gelb vielleicht.
„Und?" Der Mann sah ihn fragend an, in der Hand hielt er einige zu einem Strauß zusammen.
„Was kosten die?"
Der Mann bückte sich zu dem Preisschild, das schief im Eimer stand. „Fünf-fünfzig."
„In Ordnung. Haben Sie vielleicht auch ein Telefonbuch?"
„Aber sicher." Der Blumenverkäufer ging zur Theke, um die Blumen zu verpacken, griff mit der freien Hand

unter die Arbeitsplatte und legte das Telefonbuch vor Micha hin.
Micha fing hastig an zu blättern. Hoffentlich war Iris' Tante unter ihrem Namen eingetragen. Wenn nicht, war alles umsonst. Sein Finger rutschte die Namenreihen entlang, bis er zu Van Benthem kam. Zum Glück gab es nur drei. Einmal in der Breestraat, einmal in der Voorstraat ... Das war sie! Nummer 56.
„Hier sind sie, deine Iris!"
Micha erschrak. Er zog den 25-Gulden-Schein aus der Hosentasche und bezahlte. Kurz darauf stand er mit dem Blumenstrauß auf der Straße.
Nummer 56 war in der Mitte der Voorstraat. An der Haustür waren drei Klingeln. An der ersten stand Joke, an der zweiten nichts und an der dritten De Witt.
Micha drückte auf die zweite Klingel und fühlte, wie sich sein Magen zusammenzog. Bitte lass Iris da sein, flüsterte er zur Tür. Er wartete, es passierte nichts.
Er klingelte wieder, diesmal länger, und horchte, ob er die Klingel hören konnte. Hinter ihm war Stimmengewirr, Autos rasten vorbei, ein Mofa fuhr an.
„Shit!", murmelte er und sah auf die Blumen in seiner Hand. Bescheuert, einfach Blumen zu kaufen, ohne zu wissen, ob Iris überhaupt da war. Er drückte noch mal auf die Klingel, diesmal so lange, wie er sich traute. Zwanzig Sekunden, dann gab er auf. Unsicher sah er sich um.

„Was? Bis nach Utrecht, obwohl du nicht wusstest, ob sie überhaupt da ist?“ Micha sah Timo schon vor sich, sein Gesicht ein großes Fragezeichen.
Micha lief im Zickzack über die Straße, auf die andere Seite und sah zum Haus hinüber. Im zweiten Stock waren zwei große leere Fenster, nur an den Rändern waren weiße Vorhänge zu sehen. Das Zimmer war dunkel, es sah nicht danach aus, als ob jemand zu Hause wäre.
Micha blickte auf die Blumen in seiner Hand. Die würde er auf keinen Fall mit zurücknehmen. Was sollte er damit? Seiner Mutter schenken? Na toll, dann konnte er die blöden Dinger den ganzen Tag lang anstarren. Bloß das nicht, lieber würde er sie in eine Mülltonne stecken! Er warf einen letzten Blick zu den Fenstern auf der anderen Straßenseite. He? Ihm war, als hätte sich da etwas hinter der Gardine bewegt. Ganz vorsichtig kam ein Kopf zum Vorschein.
Micha sah blondes Haar, langes, blondes Haar, er sah … „Iris!“ Er schrie und winkte wie wild mit den Blumen in der Luft herum. Es war ihm egal, ob das bescheuert aussah. Hauptsache, Iris würde ihn sehen.
Sie drückte die Stirn an die Fensterscheibe und spähte auf die Straße. Dann sah sie ihn. Einen Moment lang blieb sie stocksteif stehen und starrte ihn an.
Micha fing wieder an, mit dem Blumenstrauß zu winken. „Iris!“, schrie er.
Langsam hob sie ihre Hand.

Michas Knie zitterten, er lachte und warf einen Blick zur Seite. Von rechts und links rasten die Autos vorbei. Er machte Iris Zeichen, dass er kommen würde, und sprang zwischen zwei Fahrzeugen zum Mittelstreifen. Nach einer weiteren waghalsigen Aktion erreichte er den Bürgersteig auf der anderen Straßenseite. An der Haustür musste er nicht mal mehr klingeln, die Tür sprang sofort auf.

Als er hineinging, fühlte sich Micha, als ob er durch die Himmelspforte trat. „Hallo!“, rief er so laut, dass es im Treppenhaus hallte. Es kam keine Reaktion. Micha rannte nicht nach oben, wie er es eigentlich vorgehabt hatte, sondern ging in Ruhe die Treppen hoch. Als er im zweiten Stock ankam, stand Iris am Treppengeländer.

„Hallo“, sagte er noch einmal.

„Hallo.“ Ihre Stimme klang tonlos. Sie verschwand sofort in der Wohnungstür, und als Micha ihr in den kleinen, dunklen Flur folgte, war sie nirgends zu sehen.

„Iris?“

„Ich bin hier.“

Micha öffnete auf gut Glück eine Tür und kam in ein großes, weißes und ziemlich leeres Zimmer. Das einzige Mobiliar waren ein Piano und ein Bücherregal in der Ecke. An der Wand hing ein Bild. Von Iris keine Spur. Eine Siamkatze kam schnurrend auf ihn zu und strich ihm sanft um die Beine.

„Na, Mieze", murmelte Micha, bückte sich zu ihr und streichelte sie mit der freien Hand. Dabei sah er durch eine gläserne Zwischentür, die offen stand und den Blick auf das Nachbarzimmer freigab. Er zuckte zusammen.

Da war Iris. Sie saß auf einem Sofa bei den großen Fenstern, die er von draußen gesehen hatte. Sie hatte die Beine angezogen und ihre Arme um die Knie geschlungen. In dieser Haltung beobachtete sie ihn.

Micha fühlte sich erwischt und stand schnell wieder auf. „Hallo", sagte er noch mal und fand sofort, dass es bescheuert klang.

„Hallo", reagierte Iris kurz.

Zögernd ging Micha ein paar Schritte ins Zimmer. Er hatte keinen blassen Schimmer, wie es jetzt weitergehen sollte, und von Iris' Seite war scheinbar auch keine Hilfe zu erwarten. Sie sah ihn argwöhnisch an. Die Haare hingen ihr vors Gesicht, sie war blass und hatte Ringe unter den Augen, als ob sie gerade erst wach geworden wäre.

„Woher weißt du, dass ich hier bin?"

Micha war erleichtert, dass sie etwas fragte. Dann brauchte er wenigstens nur zu antworten. „Eine Frage von Kombinieren."

„Wieso?" Iris war überrascht.

„Ich wusste, dass du den Schlüssel von deiner Tante hast."

Iris zögerte, sagte aber nichts.

„Du hast mal versucht, dein Fahrradschloss damit aufzukriegen, weißt du noch?"
Iris nickte. „Und meine Eltern, wissen die, dass ich hier bin?"
Micha schüttelte den Kopf.
„Du siehst so merkwürdig aus."
„Wieso?" Jetzt war es Micha, der überrascht war.
„Dein Gesicht ist geschwollen. Du siehst aus wie eine Kartoffel!", sagte Iris barsch.
„Ich hatte eine Schlägerei."
„Eine Schlägerei?" Iris sah ihm zum ersten Mal in die Augen.
Das machte Micha Mut und er sagte schnell: „Mit Vincent."
„Du bist ja verrückt!" Die Katze war zu Iris aufs Sofa gesprungen. Sie hob sie hoch und legte sie sich auf den Schoß. „Brave Isabel", murmelte sie und fing an, sie ausgiebig zu streicheln.
Micha verlor kurz die Fassung. Er hatte mit einer anderen Reaktion gerechnet, als er Vincents Namen nannte.
„Du müsstest ihn mal sehen. So ein Auge." Er machte die gleiche Bewegung wie Alex am Morgen in der Schule.
Iris zuckte mit den Schultern und widmete sich wieder Isabel. „Na und?"
„Was heißt hier: Na und?"
Iris' Hand blieb über dem Katzenrücken schweben.

„Es ist mir scheißegal, hörst du! Du, Vincent, alles!“
Ein paar Sekunden war es still. Dann brüllte Micha los: „Bin ich dafür nach Utrecht gefahren?“
„Ich hab dich nicht darum gebeten! Lass mich in Ruhe.“
„Kein Problem!“ Er sah auf die Blumen. „Hier.“ In hohem Bogen warf er sie Iris auf den Schoß, mitten auf Isabel, die erschrocken wegsprang. „Dumme Kuh!“
„Idiot!“, schrie Iris zurück.
Wütend sahen sie sich an. Micha kochte und Iris war kurz vorm Explodieren. Es war totenstill. Micha fühlte, wie seine Mundwinkel zu zittern anfingen, und versuchte sich so unauffällig wie möglich auf die Lippe zu beißen. Da sah er, dass Iris' Mundwinkel auch in Bewegung kamen. Und plötzlich, obwohl er sie gerade noch hätte vierteilen können, lachte er los. Iris auch. Sie ließ sich nach hinten fallen und warf den Kopf in den Nacken. Micha konnte all ihre Zähne sehen.
Plötzlich veränderte sich ihr Lachen. Mit einem Satz war Micha bei ihr.
„Iris, was ist los?“
Tränen liefen ihr übers Gesicht und Micha legte vorsichtig einen Arm um ihre Schultern. Er befürchtete, sie würde ihn wegstoßen, aber sie ließ sich wie ein Sandsack gegen ihn fallen und weinte bitterlich. Das ging Micha furchtbar an die Nieren.

„Ganz ruhig“, murmelte er unbeholfen und sah über ihre Schulter hinweg auf den Strauß Iris, der auf den Boden gefallen war. Er sah zerdrückt aus, das Papier war gerissen und ein paar Knospen waren angeknackst oder abgebrochen.

Micha rührte sich nicht und wartete, bis Iris ruhiger wurde. Ihre Schultern zuckten bei jedem Atemholen, genau wie der Rest ihres Körpers, aber die Pausen zwischen den einzelnen Heulphasen wurden immer länger. Schließlich richtete sie sich auf.

Micha lächelte sie an. „Du siehst aus wie der Strauß Iris.“ Sie sah auf den Boden und ein Lächeln huschte über ihre Lippen. Mit der Hand rieb sie ihr Gesicht trocken. „Findest du mich doof?“, wollte sie wissen.

„Total!“ Micha seufzte übertrieben.

Iris lächelte müde, sah zur Seite und murmelte: „Zwischen mir und Vincent ist nichts gewesen.“

Mit dem Satz hatte Micha nicht gerechnet, aber als er ihn hörte, erklang in seinen Ohren ein ganzes Orchester. „Dachte ich mir“, flüsterte er.

Sofort wurde er in die Seite geknufft.

„Angeber!“ Iris fischte ein Kissen vom Sofa und fing an, ihn damit rechts und links um die Ohren zu schlagen.

„Hilfe! Gnade, Gnade!“, flehte er.

„Nichts da, Gnade! Auf die Knie.“

Micha sackte vom Sofa auf den Boden. Im letzten Moment zog er Iris mit sich herunter.

19

„Machst du blau?“, fragte Iris. Sie saßen nebeneinander auf dem Boden, mit dem Rücken lehnten sie gegen das Sofa. Micha sah zur Seite. Iris sah süß aus, ihre Haare waren zerzaust und ihre Wangen waren nicht mehr blass, sondern leicht gerötet.
„Ich hab einen Verweis gekriegt.“
„He, was?“
„Ja.“ Micha lachte verlegen. „Das hatte ich schon wieder vergessen.“
„Aber wieso?“
Micha zögerte. Er war nicht sicher, ob er ihr das erzählen sollte.
„Micha?“ Sie legte eine Hand auf seinen Arm und sah ihn fragend an.
Er seufzte. „Ich bin heute Morgen in das Direktorzimmer gestürmt und habe deinem Vater … Ich …“ Micha stoppte. Es schien alles so weit weg zu sein. Ihm war, als spräche er über jemanden aus einem Film, aber nicht über sich selbst. Er sah das ausdruckslose Gesicht mit den knallblauen Augen von van Benthem wieder vor sich. „Ich habe ihm gesagt, dass er ein Säufer ist.“

„Himmel, Micha! Was hat er geantwortet?"
„Er hat mir einen Verweis erteilt und de Jong hat mich aus dem Zimmer geschmissen. Glaube ich jedenfalls."
„De Jong? War der auch dabei?"
Micha nickte. „Den hab ich zuerst gar nicht gesehen. Ich bin einfach reingerannt."
Iris seufzte. „Dann weiß es jetzt also jeder."
Micha sah sie zögernd an. „Böse?"
Iris starrte vor sich hin und schüttelte langsam den Kopf. „Nein." Isabel sprang auf und strich schnurrend um ihre Beine. Micha streckte gedankenverloren seine Hand aus und streichelte sie.
„Es ging einfach nicht mehr", hörte er Iris sagen.
„Ist es Freitagabend wieder schief gegangen?"
Iris nickte. „Nach dem Schulfest bin ich sofort nach Hause gefahren. Weißt du, als ich an der frischen Luft war, war ich sofort hellwach. Vincent ist noch ein Stück mitgefahren. Er hat die ganze Zeit rumgesülzt, ich sollte mit ihm noch in eine Kneipe gehen, aber ich hatte überhaupt keinen Bock. Dann wollte er unbedingt, dass wir anhielten, und dann fing er an, mich überall zu begrapschen. So, zack, in meinen BH und so. Ich sagte, er sollte die Finger von mir lassen, aber das tat er natürlich nicht."
Siehst du, dachte Micha und wünschte, er hätte Vincent statt einem zwei Veilchen verpasst.
„,Du glaubst doch wohl nicht, dass du so an ein Mäd-

chen rankommst‘, hab ich noch gesagt. Aber das half natürlich auch nichts. Tja, da kam mein Knie zum Einsatz.“ Iris kicherte. „Nicht so fest – keine Angst – aber fest genug. Auf jeden Fall hat er mich losgelassen. Na ja … und als ich nach Hause kam, war wieder die Hölle los. Meine Eltern hatten totalen Zoff. Endlich hatte meine Mutter mal was unternommen: Sie hatte die angebrochene Flasche Whisky in den Ausguss gekippt. Mein Vater war natürlich stocksauer. Ich kam noch rechtzeitig. Er wollte sich gerade auf sie stürzen.“

Micha hörte ihr schweigend zu. Was ihn am meisten wunderte, war Iris’ nüchterne Stimme. Als ob sie nicht über sich oder ihren Vater sprach, sondern über einen Nachbarn oder einen fernen Bekannten. „Und dann?“

Iris zuckte mit den Schultern. „Er wollte mir eine scheuern. Aber, na ja …“, sie lachte kurz auf, „er schlug daneben. Er traf einen Lampenschirm. Glassplitter flogen in alle Richtungen. Und stell dir vor …“ Iris sah ihn mit großen Augen an. „… da fährt meine Mutter mit ihm mitten in der Nacht ins Krankenhaus. Kannst du das verstehen? Ich lag schon lange im Bett. Ich glaub, sie haben zuerst noch versucht, es zu Hause zu verbinden. Aber als das nicht klappte, hat sie ihn zur Ambulanz gefahren.“ Iris schwieg. „Wie kann sie noch so viel für ihn übrig haben?!“

Micha sagte nichts. Er dachte an den Abend zurück und fragte sich, was Iris wohl sagen würde, wenn sie

wüsste, dass er in derselben Nacht vor ihrem Fenster gestanden hatte.
Das Telefon klingelte. Einmal, zweimal, es war ein lautes, penetrantes Geräusch. Iris rührte sich nicht.
„Nun geh doch ran“, sagte Micha.
Iris schüttelte den Kopf. Nach dem vierten Klingeln sprang der Anrufbeantworter an. „Hier ist der Anrufbeantworter von Ellen van Benthem“, klang es aus dem Lautsprecher. „Bitte hinterlassen Sie eine Nachricht.“ Der Apparat knackte und klickte. Ellen hat eine sympathische Stimme, dachte Micha, immerhin! Aber im selben Moment erstarrte er. Er hörte, wie sich ein Mann räusperte. Das Geräusch kannte Micha. Er sah zu Iris hinüber. Die kniff die Augen zu einem Spalt zusammen, ihr Gesicht hatte einen verbissenen Ausdruck.
„Hallo, Ellen, hier ist Henk. Ich wollte fragen, ob du gestern meine Nachricht bekommen hast. Ach, weißt du, hier war ein bisschen was los. Ein kleiner Ausrutscher, aber du weißt ja, wie Mädchen in Iris’ Alter sind. Die machen gleich ein Drama draus.“ Van Benthem lachte, aber ziemlich gekünstelt, fand Micha. „Was das angeht, erinnert mich Iris ein bisschen an dich. Du warst früher auch so. Nun gut. Ruf doch zurück. Bis dann.“
Nach dem Klick öffnete Iris die Augen. „Saftsack!“, murmelte sie. Sie sprang auf und ging zum Anrufbeantworter, der auf einem kleinen Tischchen stand,

beugte sich vor und drückte entschieden auf eine Taste. Die Kassette spulte zurück, van Benthems Stimme klang verzerrt durch den Raum und hörte sich an wie ein Schlumpf. Iris drückte wieder auf eine Taste und lauschte. Nur ein Rauschen war zu hören. Dann lächelte sie Micha an. „Gelöscht“, sagte sie. „Das wär das.“

„Der hörte sich nicht besonders beunruhigt an“, meinte Micha zögernd.

Iris sackte neben ihn auf den Boden und atmete empört aus. „Das würde der sich auch nie anmerken lassen.“

Micha musste an Iris' Mutter denken, wie die ausgesehen hatte, als sie ihm am Morgen die Haustür aufgemacht hatte. Ihr blondes, ungekämmtes Haar, die roten Flecken auf Hals und Wangen, der hellblaue Morgenmantel. Wie sie sich umgedreht hatte und vor ihm her ins Wohnzimmer gegangen war.

„Ich bin bei deiner Mutter gewesen“, platzte er heraus.

Iris drehte den Kopf herum. „Du?“

Micha nickte.

„Und?“

Er schluckte. Jetzt konnte er nicht mehr zurück. „Sie macht sich furchtbare Sorgen.“

„Hm“, murmelte Iris und dann legte sie los. „Mein Gott, Micha, du steckst auch überall deine Nase rein.“

Micha erschrak. „Sorry!“ Iris hat Recht, dachte er auf einmal.
„Na ja, macht nichts.“ Die Haustür wurde aufgeschlossen. „Das ist meine Tante“, sagte Iris schnell. „Kein Wort über den Anruf von gerade!“
Micha nickte überrumpelt.
„Hallo, Ellen, ich bin hier“, rief Iris laut.
„Juhu!“ Eine kleine, kräftige Frau mit kurzen, roten Haaren kam ins Zimmer. Sie war überrascht, als sie Micha sah. „Oh, Besuch!“
Micha sprang auf. „Ich bin Micha van ...“ Er konnte seinen Satz nicht zu Ende sprechen.
„Ach, du bist Micha!“, sagte Ellen begeistert. „Wie schön, dass du gekommen bist. Iris hat mir schon eine Menge von dir erzählt.“
Sie lächelte ihn freundlich an, sodass sich Micha automatisch nicht mehr so unbeholfen fühlte. Er warf Iris einen Blick zu und merkte mit Genugtuung, dass sie rot wurde.
„Ich bin Ellen van Benthem, die Tante dieser Schönheit hier.“
Micha sah in ein Paar hellblaue Augen, die dieselbe Farbe hatten wie die von Iris’ Vater. Nur schauten diese viel freundlicher drein. Außerdem standen sie in starkem Kontrast zu den roten Haaren, wodurch Iris’ Tante irgendwie merkwürdig aussah. Sie lachte ihn an, und Micha, der sie anstarrte, wurde klar, dass er jetzt etwas sagen musste.

„Ich wollte Iris besuchen. Ich hoffe, Sie haben nichts dagegen."
„Du."
„Wie bitte?"
Ellen van Benthem lachte. „Ich hoffe, du hast nichts dagegen", sagte sie mit der Betonung auf „du" und gab die Antwort gleich mit: „Natürlich habe ich nichts dagegen. Habt ihr schon Tee aufgesetzt?" Ellen sah Iris fragend an.
„Noch nicht." Iris sprang auf und wollte zur Küche rennen, doch im Türrahmen drehte sie sich noch einmal um. „Er ist gerade erst gekommen, deswegen."
Ellen nickte und hob den Blumenstrauß auf. „Mal sehen, ob ich eine passende Vase finde", murmelte sie und ging ebenfalls in die Küche.
Micha stand immer noch mitten im Zimmer und fühlte sich ein bisschen nutzlos. Deswegen fing er an, den neuen Song zu summen, den er für Iris schrieb. Aber nach ein paar Takten hörte er auf. Er hatte in den letzten Tagen keine Lust gehabt, an dem Song zu arbeiten, und wusste außerdem nicht, wie es weitergehen sollte.
Er schlenderte zum Bücherregal, in dem lauter wissenschaftliche Bücher über fremde Völker standen. *Mythen und Bildsprache der Aborigines*, las er und *Die Geschichte der Bataver*. Sein Blick fiel auf ein Foto, das neben dem Bücherregal an der Wand hing. Es war ein Familienporträt. So eins hatten sie auch zu Hause, von

seiner Mutter und ihren Schwestern. Das hier war vermutlich die Familie van Benthem, die für den Fotografen in die Linse schaute. Rechts auf dem Foto stand der junge van Benthem, Micha erkannte ihn sofort. Dahinter stand sein Vater, der dem Sohn voller Stolz die Hand auf die Schulter legte und über dessen Kopf hinweg in die Kamera sah. Im Vordergrund, auf einer Art Schaffell, saß ein Baby. Das musste Ellen sein, die zahnlos lächelte und eine silberne Rassel hochhielt.

Michas Blick wanderte zu Iris' Vater zurück. Er hatte kurz geschorenes Haar, trug eine Anzugjacke und darunter kurze Hosen. Micha musste lachen. Van Benthem war auf dem Foto etwa dreizehn Jahre, schätzte er. Ein Junge in der Orientierungsstufe, der ganz schön schwitzte, um seine Hausaufgaben fertig zu kriegen. Micha fragte sich, ob es daran lag, dass er van Benthem kannte, oder ob man tatsächlich schon in diesem Alter erkennen konnte, ob ein Mensch mal nett oder unausstehlich sein würde. Jedenfalls bildete sich Micha ein, dass man bereits auf diesem Foto sehen konnte, dass van Benthem mal ein mieser, unbeliebter Schuldirektor werden würde – an einer muffigen Schule in einer kleinen Provinzstadt.

„Worüber lachst du?“ Ellen kam mit einer Vase zurück, in die sie den Iris-Strauß gestellt hatte. „Doch nicht etwa über mich, als rosiges Baby?“

Micha fühlte sich ertappt und drehte sich zu ihr.

„Nein, nein", sagte er schnell.
Ellen stellte sich neben ihn, die Vase noch immer in der Hand.
„Du lachst natürlich über Henk, weil er so ein Gesicht zieht."
Micha traute sich weder ja noch nein zu sagen.
Ellen lachte und knuffte ihn in die Seite. „Ich hab früher viel Spaß mit ihm gehabt!"
„Mit Papa?" Iris stand hinter ihnen und sah über ihre Schultern das Foto an.
„Ja", sagte Ellen. „Dein Vater! Er war mein Lieblingsbruder."
„Netter als Onkel Leo?"
„Fand ich schon." Ellen ging zum Tisch und stellte die Blumen darauf.
„Schön", sagte sie. „Schade um die abgebrochenen Knospen, die auf dem Boden lagen, aber es ist immer noch ein schöner Strauß. Sollen wir hier Tee trinken? Ach, Iris, holst du bitte noch die Dose mit den Keksen aus der Küche?"
Ellen goss die Tassen voll. „So viel Besuch, daran könnte ich mich gewöhnen", sagte sie. „Gestern, als ich von meinem Segelwochenende zurückkam, saß Iris auf dem Sofa und heute bist du da. Hast du heute frei gehabt?"
Micha schüttelte den Kopf. „Nein." Aber so ganz stimmte das ja nicht. Deswegen sagte er schnell: „Oder eigentlich doch."

Ellen runzelte die Stirn. „Was denn jetzt: ja oder nein?"
Micha zögerte. „Ich war heute in der Schule, aber dann habe ich von van Benthem einen Verweis gekriegt."
„Oh!" Ellen rührte in ihrem Kaffe. „Etwas ausgefressen?"
„Ach, geht." Micha wurde schlagartig klar, dass Iris was dagegen hätte, wenn er Ellen die Details erzählen würde.
Die Zimmertür flog auf. „Gefunden!", rief Iris triumphierend. „Einen ganzen Haufen Schokoladenkekse." Mit einem Knall stellte sie die Dose auf den Tisch. „Das war gar nicht so leicht in diesem Chaos."
„Bisher hast du noch immer alles gefunden", rechtfertigte sich Ellen und wandte sich wieder an Micha. „Hat dir Jeanine gesagt, dass Iris bei mir ist?"
„Wer?"
„Jeanine, Iris' Mutter."
„Nein", sagte Iris schnell. „Ich hab ihm Bescheid gesagt." Sie warf Micha einen warnenden Blick zu. „Ich hab ihn angerufen."
„Oh ..." Ellen dachte kurz nach. „Wann denn?"
„Heute Morgen", sagte Micha und merkte, wie er rot wurde.
„Da bist du doch in der Schule gewesen." Ellen sah ihn aufmerksam an.
Micha befürchtete, sein Hirn würde zu kochen anfangen, so heiß wurde ihm.

„Er meint, heute Mittag“, sagte Iris.
„Ach, heute Mittag.“ Ellen sah Micha nachdenklich an. „Bleibst du zum Essen, Micha?“
Er nickte. Ihm war ziemlich mulmig. Eine Lüge jagte die nächste. Iris wusste doch genau, dass er nicht gut darin war. Gleich musste er auch noch seine Eltern anrufen und die würden natürlich eine Menge Fragen haben. Vielleicht hatte sich de Jong ja auch schon gemeldet und ihnen gesagt, dass er einen Verweis bekommen hatte. Was für ein Chaos. Ihm wurde ganz schwindelig!
Ellen stand auf. „Ich werde mal anfangen zu kochen.“
Sobald sie draußen war, sprudelte Micha los. „Sie weiß nichts?“
„Was?“ Iris sah ihn an, als wüsste sie nicht, wovon er redete.
„Von deinen Eltern! Warum du hier bist, meine ich.“
„Pst!“ Iris nickte in Richtung Küche. „Sie kann uns hören“
„Na und?“
Iris seufzte. „Was glaubst du, wieso sie mir den Schlüssel gegeben hat?“
„Was weiß ich!“
„Sie ist seine Schwester! Glaubst du nicht, sie weiß, wie viel der säuft?“
„Was hast du ihr gesagt?“

„Na, einfach, dass es zu Hause Streit gab. Und ob ich zwei Nächte bleiben könnte."

„Und was machst du Morgen?"

„Morgen ist morgen!"

„Himmel, Iris! Sie glaubt, dass deine Eltern Bescheid wissen."

„Na und? Lass mich das machen!" Iris' Augen funkelten wütend.

Micha wollte darauf antworten, aber Ellen kam rein.

„Also, ich hab mir überlegt, wir essen Spagetti." Sie sah die beiden forschend an. „Ist was?"

„Nein, nichts", antworteten Iris und Micha gleichzeitig.

„Das klingt nach einer Verschwörung!" Ellen lachte.

Micha merkte schon wieder, wie er rot wurde, und sprang auf. Er griff sich ein Buch aus dem Regal. „Wollte schon immer mal was über die Aborigines wissen", murmelte er und ließ sich auf das Sofa fallen.

„Dann bist du hier genau richtig. Ich habe einen ganzen Bücherschrank voll!", sagte Ellen lachend und Iris kicherte. „Den kriegen wir hier nicht mehr so schnell weg."

20

„Ich glaube, ich werde heute Abend Henk mal anrufen“, sagte Ellen und pikste eine Erbse auf die Gabel.
„Warum?“, fragte Iris sofort.
„Einfach so, um zu hören, wie's geht. Willst du deine Eltern auch sprechen?“
„Ich hab schon mit ihnen geredet.“
Micha verschluckte sich an einer Spagetti und fing zu husten an.
„Ach, wie schön! Haben sie heute angerufen?“, fragte Ellen, während sie Micha auf den Rücken klopfte.
„Nein.“ Iris stockte. „Ich habe angerufen.“
Ellen goss Micha aus einer roten Glaskaraffe Wasser ein. „So? Und, wie geht's zu Hause?“
Micha trank schnell einen Schluck. Unglaublich, dass Iris das alles so entspannt sagen konnte.
„Wie soll's schon gehen? Was denkst du?“ Iris' Stimme klang hart.
Ellens Blick flitzte zu Iris und dann wieder zurück zum Teller. „Gut“, sagte sie freundlich. „Bei euch zu Hause ist doch immer alles gut. Oder etwa nicht?“

Iris schwieg.
Ellen aß eine Gabel Spagetti. Es blieb still. So still, dass Micha sich schlucken hören konnte, als er Wasser trank.
„Egal, wen ich von euch dreien zu sprechen kriege, deinen Vater, deine Mutter oder dich", sagte Ellen endlich. „Ihr sagt alle das Gleiche, nämlich dass es gut geht."
Ellen dachte nach. Sie wollte etwas sagen, aber da ging das Telefon.
„Ausgerechnet beim Essen", murmelte Ellen, schob den Stuhl zurück und nahm das Telefon ab.
„Ellen van Benthem ... Oh, hallo, wir haben gerade über euch gesprochen ... Wer? Iris, Micha und ich natürlich. Ich ..." Ellen schwieg und hörte konzentriert zu.
Micha saß wie versteinert da und beobachtete Iris. Sie war kreidebleich.
„Das ist nicht dein Ernst ...", sagte Ellen und streckte auf einmal den Arm aus und hielt Iris den Hörer unter die Nase. „Hier", sagte sie, „es ist für dich."
Iris machte ein unschuldiges Gesicht. „Wer denn?"
„Deine Mutter."
Iris nickte, es war eine unscheinbare Bewegung. Sie nahm das Telefon und ging ins Nachbarzimmer. Ellen fing an weiterzuessen, aus dem Nebenzimmer hörte man Iris' Stimme. Micha versuchte, etwas zu verstehen, aber Iris sprach so leise, dass er es schnell wieder

aufgab. Er nahm die Gabel in die Hand und drehte sie lustlos in den Spagetti herum.
Plötzlich hörten sie Iris rufen: „Ich komm nicht zurück, hörst du? Nie mehr!"
Ellen hörte auf zu kauen. Micha fiel die Gabel aus der Hand. „Er schlägt sie!", platzte es aus ihm heraus und er erschrak über sich selbst.
„Wen, Iris?" Ellen sah ihm direkt in die Augen.
Micha nickte.
Für ein paar Sekunden blieb es still, dann stand Ellen mit einem Ruck auf. Es ging so schnell, dass ihr Stuhl schwankte und mit einem Knall zu Boden fiel. Ellen kümmerte sich nicht drum und war mit zwei Schritten neben Iris. „Gib das Telefon her!", sagte sie und riss es Iris aus der Hand. „Jeanine, ich ruf dich heute Abend wieder an. So kann es nicht weitergehen, hörst du!"
Sie legte auf und drehte sich zu Iris. Die stand mitten im Zimmer, zusammengesunken, als ob sie erwartete, Ellen würde sich auf sie stürzen.
Aber Ellen sagte nur „Mädchen, Mädchen" und legte einen Arm um Iris' Schultern. „Komm, wir setzen uns aufs Sofa."

„He, Iris", flüsterte Micha, „schläfst du schon?"
Iris drehte sich zu ihm um. Sie lagen in einem improvisierten Bett, das Ellen für sie im Wohnzimmer aufgebaut hatte. „Fast", sagte sie leise.
„Das wird schon wieder, glaubst du nicht?"

„Ich hoffe."
„Ich werde dich vermissen, die nächsten Wochen!"
Iris kuschelte sich an ihn. „Ellen hat doch gesagt, dass du an den Wochenenden kommen darfst."
„Ja, schon. Ich komme dann gleich nach dem Training." Micha starrte im Dunkeln auf die leuchtenden Zeiger des Weckers. Es war fünf nach eins. „Nett von deiner Tante, dass du erst mal hier bleiben darfst."
Micha fühlte, wie sich Iris' Kopf bewegte. Das musste ein Nicken sein. Sie sagte nichts mehr und Micha lauschte auf ihren Atem, der langsam gleichmäßiger wurde. Er rührte sich nicht. Iris lag wie ein warmes Tier an ihn gekuschelt. Sie war so nah, dass er nicht schlafen konnte.
Sie hatten stundenlang geredet, geredet und telefoniert.
Nachdem Ellen aufgelegt hatte, war die ganze Geschichte rausgekommen. Iris hatte alles erzählt und Micha konnte an Ellens Gesicht sehen, dass sie geschockt war. Er hatte sich leise zu ihnen in den Sessel gesetzt und sich ziemlich überflüssig gefühlt. Ihm war, als ob ihn die beiden vergessen hatten. Sie redeten leise und Ellen, die einen Arm um Iris gelegt hatte, wiegte sie langsam hin und her.
Nach einiger Zeit war Ellen aufgestanden, um zu telefonieren. Die Glastüren hatte sie hinter sich geschlossen.
Iris hatte aufgesehen, und als sich ihre Blicke trafen,

lächelte sie, oder besser: Sie versuchte es. Aber sie hatte so verheult ausgesehen, dass Micha aufgestanden war und sich neben sie aufs Sofa gesetzt hatte. Sie hatten sich zurückgelehnt und auf das gläserne Blumenmotiv in der Tür gestarrt, hinter der Ellen zu erkennen war. Es war nicht mehr als ein grüner Fleck zu sehen gewesen, der sich von links nach rechts durchs Zimmer bewegte. Ab und zu war Ellens Stimme lauter geworden, und sie konnten ein Wort verstehen, aber direkt danach hatte sie wieder leise und gedämpft weitergesprochen.

„Ich bin froh, dass jetzt alles raus ist", hatte Iris nach einiger Zeit gemurmelt. Micha hatte genickt. Er hatte die Zeit im Auge behalten. Ellen telefonierte nun schon eine halbe Stunde lang. Sie war nicht mehr so oft laut geworden, das Gespräch schien ruhiger zu verlaufen. Trotzdem war er beunruhigt gewesen.

Es hatte noch eine ganze Weile gedauert, bevor die Flügeltür geöffnet wurde. Schließlich war Ellen ins Zimmer gekommen und hatte kräftig ausgeatmet.

„So", hatte sie mehr zu sich selbst als zu ihnen gesagt, „das war das." Sie hatte zum Sofa gesehen und gelächelt. „Vorläufig kannst du hier bleiben. Natürlich ..." Sie hatte gestockt und Iris ernst angesehen. „... nur, wenn du willst."

Iris hatte genickt.

Ellen hatte sich in den Sessel fallen lassen und aus tiefstem Herzen geseufzt.

„Ich habe mit Henk und Jeanine abgemacht, dass ich sie morgen nochmal anrufe. Auf jeden Fall waren sie froh zu wissen, wo du bist.“ Dann hatte sich Ellens Stimme verändert. „Du musst mir aber versprechen, Iris, dass du mich nicht mehr anlügst. Es ist von jetzt an besser, wenn ich alles weiß.“

Iris hatte noch einmal genickt. „Ich fand es so schwierig darüber zu reden“, hatte sie leise gesagt.

„Das verstehe ich. Aber es ist auch nicht gut, mit so einem Geheimnis herumzulaufen. Außerdem muss etwas passieren. Hat Henk unter der Woche auch so viel getrunken?“

Iris hatte den Kopf geschüttelt. „Nicht so wie am Wochenende. Wenigstens nicht so viel, dass er aggressiv wurde.“

„Ich hab ihm geraten, sich morgen krankschreiben zu lassen“, hatte Ellen gesagt. „Ich hoffe, dass er es macht.“

Micha war nichts Besseres eingefallen, als im Nebenzimmer den Tisch abzuräumen. Das Essen war schon längst kalt geworden. Als er ins Zimmer zurückgekommen war, hatte sich Ellen umgedreht.

„Willst du nicht hier schlafen?“, hatte sie gefragt. „Es wird viel zu spät, wenn du jetzt noch mit dem Zug nach Hause fährst.“

Micha hatte genickt und ihm war eingefallen, dass seine Eltern noch nicht Bescheid wussten. „Darf ich mal anrufen?“, hatte er schüchtern gefragt.

Ellen hatte mit der Hand eine Bewegung gemacht wie „Geh ruhig“ und redete mit Iris weiter.
Anneke war froh gewesen, seine Stimme zu hören.
„Micha! Wie schön, dass du anrufst“, hatte sie gerufen. „Wo steckst du?“
„In Utrecht“, hatte er heiser geantwortet.
„In Utrecht?“ Ihre Stimme hatte sich überschlagen. „Was machst du denn da?“
Aber sie hatte Micha gar keine Zeit gelassen zu antworten.
„Was ist denn nur los?“, hatte sie weitergefragt. „Timo hat heute Abend schon angerufen, um zu fragen, warum du einen Verweis bekommen hast.“
Micha hatte geseufzt. „Mist!“
„Was heißt hier Mist?“
„Dass Timo deswegen anruft.“
„Er wollte nicht mich sprechen, sondern dich. Aber du warst ja nicht da. Micha, jetzt sag schon, was ist los?“
Er hatte seiner Mutter die Geschichte in groben Zügen erzählt. Und das war das Gute an Anneke. Als er fertig war, war es am anderen Ende der Leitung still gewesen. Er hatte Anneke tief durchatmen hören, zwei-, dreimal. Dann hatte sie mit warmer Stimme gesagt, dass sie Iris alles Gute wünsche. Morgen, wenn er zu Hause sei, würden sie weiterreden.
Später am Abend hatte Ellen für sie ein Bett aufgebaut und da waren sie beide müde hineingefallen.

Michas Finger fingen an zu kribbeln, seine Hand war eingeschlafen. Er richtete sich auf, zog seinen Arm vorsichtig unter Iris' Kopf hervor und schüttelte ihn in der Luft. Zum Glück merkte sie nichts davon. Sie drehte sich um und schlief weiter. Die Zeiger des Weckers auf dem Schrank zeigten halb zwei. Micha kuschelte sich an Iris und versuchte, im selben Rhythmus wie sie zu atmen. Vielleicht würde er so schneller einschlafen können. Aber plötzlich schwirrten ihm allerlei Sätze durch den Kopf, die auf Teufel komm raus in den neuen Song wollten.

Breathing in the way you breathe
Sleeping like you do
Be so close as I can be
To eternity
Every freckle I will count
Until eternity
Have no time to hang around
Until eternity

Es dauerte noch mindestens eine Stunde, bis er einschlief.

21

„Shit!“ Micha blieb mitten im Saal stehen und starrte auf die Bühne. „Wusstet ihr, dass die auch mitmachen?“
Die anderen blieben hinter ihm stehen.
„Nee, keine Ahnung“, sagte Timo. „Was glaubt ihr, sind die gut?“
„Eins, zwei, Test. Eins, zwei, Test“, klang die Stimme von Bas de Vries aus den Lautsprechern.
„Ach, Heavy Metal ist doch total out“, sagte Jeffrey. „Kommt, lasst uns mal die Garderobe suchen. Wir haben in zehn Minuten selber Soundcheck.“
Micha lief mit weichen Knien hinter Jeffrey her zur Bühne. Wenn dieser Nachmittag nur schon vorbei wäre! Er konnte sich kaum vorstellen, dass er gleich selbst auf der Bühne stehen würde und hunderte von Augen auf ihn gerichtet wären. Wer hatte doch gleich die blöde Idee gehabt, bei der Vorrunde vom Großen Preis mitzumachen? War das nicht Timo gewesen?
„Wart mal ab“, sagte Jeffrey, über die Schulter grinsend, „bis die deinen neuen Song gehört haben.“
Micha versuchte zurückzulächeln, aber ihm war, als

hätte er einen Stein im Magen. Wenn er an den neuen Song dachte, wurde ihm ganz anders.
Sie gingen durch einen schmalen Gang mit roten Türen an beiden Seiten. An jeder Tür hing ein Zettel mit einem Band-Namen. „*Black Rose*“, las Micha laut. „*The Cylinders, The Chains.*“
„*The Freckles*, das ist unsere Garderobe“, sagte Jeffrey und stieß die Tür mit einem routinierten Schwung auf.
Als ob er sein Leben lang nichts anderes getan hätte als Garderobentüren zu öffnen, dachte Micha.
Jeffrey zwinkerte ihm zu. „Das wird unser Durchbruch!“, sagte er.
„Bist du sicher?“, fragte Timo, während er seinen Bass vorsichtig auf den Boden stellte.
„Natürlich, Mann.“
Sie standen in einem kleinen, unverputzten Raum. Dem Geruch nach zu urteilen, diente er normalerweise als Getränkelager.
„Ob’s wohl voll wird?“, fragte Eric.
„Ausverkauft“, sagte Jeffrey kühl.
„Wisst ihr, wer auch kommt?“ Timo kicherte. „Frau van Eijk!“
„Van Eijk, unsere Deutschlehrerin?“ Micha war so verdutzt, dass er seine Aufregung ganz vergaß.
„Ja, sie war total neugierig. Deswegen hab ich sie eingeladen. Dann haben wir wenigstens schon einen Fan.“

„Dunja wollte auch kommen“, sagte Eric.
Jeffrey lachte. „Und meine Mutter. Das sind dann schon drei.“
„Iris kommt auch“, sagte Micha.
„Echt?“ Er sah in zwei überraschte Gesichter: das von Eric und das von Timo. Jeffrey reagierte nicht, aber der war auch auf einer anderen Schule und kannte Iris nicht.
„Super“, sagte Eric begeistert. „Es ist mindestens einen Monat her, dass wir sie gesehen haben.“
„Genau fünf Wochen“, sagte Micha. „Ich meine, dass ihr sie nicht gesehen habt. Sie ist schon seit fünf Wochen in Utrecht.“
„So lang schon?“
Micha nickte. Er fand das auch eine lange Zeit.
„Ist van Benthem schon seit fünf Wochen weg?“, fragte Timo. „Na, den hab ich auf keinen Fall vermisst.“
„Iris ist heute Morgen zum ersten Mal zu Hause gewesen“, erzählte Micha. „Ich hoffe, dass es gut gegangen ist, denn danach wollte sie hierher kommen.“
„Dann kannst du deine Nummer ja für sie singen“, sagte Timo und grinste.
„Hör doch auf!“ Micha seufzte tief. Er wusste nicht, wovor er mehr Angst hatte. Vor dem ausverkauften Saal mit all den Leuten oder davor, das Lied zu singen, während Iris zuhörte.
„Seid ihr *The Freckles*?“
„Ja!“, rief Jeffrey laut.

Ein Junge mit blondem Pferdeschwanz hatte seinen Kopf durch die Tür gesteckt. Er trug Jeans und ein schwarzes T-Shirt mit dem Aufdruck *Der große Preis*.
„Ihr seid mit dem Soundcheck dran."
„Okay, Leute, los geht's!", sagte Eric energisch, als ob er gerade einen Entschluss gefasst hätte. „Wir machen's einfach!"
„Von wegen einfach ...", murmelte Micha. Er stand auf und ging hinter den anderen durch den schmalen Flur, der zur Bühne führte.
„Sieh mal, wen wir da haben", sagte Bas de Vries, als sie auf die Bühne gingen. Er sah sich lachend zu seiner Band um. „Also, Jungs, das wird easy."

Zwei Stunden später standen sie wieder hinter der Bühne. Es roch nach Bier und Zigaretten.
„Ich wette, es ist proppenvoll", flüsterte Timo. Seit dem Soundcheck waren sie nicht mehr im Saal gewesen. Timo hatte behauptet, es wäre besser, in der Garderobe zu bleiben, weil sie sich sonst nicht konzentrieren könnten. Aber Micha glaubte, dass Timo, genau wie er, zu nervös war. Nicht, dass er es schlimm gefunden hätte, hinter der Bühne zu bleiben. Er hätte nur gerne gewusst, ob Iris da war.
Er holte tief Luft und versuchte, auf den Anfang des neuen Songs zu kommen. Er kam nicht drauf – dabei hatte er ihn selbst geschrieben! Alle Wörter waren aus seinem Kopf verschwunden. Plötzlich war er davon

überzeugt, dass es eine Katastrophe werden würde. Er starrte die Wand an, die voller Graffitis war, und hörte die letzten Takte der Heavy-Metal-Band *The Cylinders.*

„Nicht schlecht", sagte Eric.

„Ging so", meinte Jeffrey. „Hör dir mal den Drummer an. Der ist doch gar nicht im Takt!"

„Tja, einen so guten Schlagzeuger wie dich findet man natürlich nicht alle Tage", sagte Timo und versuchte, witzig zu sein, aber seine Stimme klang wie ein verstimmtes Klavier.

Im Saal war lauter Applaus zu hören.

„Das hört sich wirklich voll an", sagte Micha. Das komische Gefühl in seinem Magen war noch immer da. Und was, wenn er sich mitten auf der Bühne übergeben muss? Viel Zeit, um darüber nachzudenken, blieb ihm nicht. Er hörte schwere Schritte, die in ihre Richtung kamen, und aufgeregte Stimmen.

„Was für ein Applaus, Mann!" Bas kam als Erster von der Bühne.

Micha trat blitzschnell einen Schritt zur Seite.

„Verpisst euch!", zischte Bas im Vorbeigehen. Vier dampfende, schwitzende Körper in Lederjacken mit silbernen Nieten walzten hintereinander durch den schmalen Flur.

Als sie vorbei waren, atmete Micha erleichtert durch.

„Okay, Jungs", sagte Jeffrey und sah sie ruhig an. „Und jetzt wir."

Micha merkte, wie er nickte und weiche Knie bekam.
„Ich möchte nun um die geschätzte Aufmerksamkeit für die sechste und letzte Band bitten, die in der ersten Vorrunde vom Großen Preis auftreten wird. Bitte Applaus für *The Freckles*!", dröhnte es durch die Lautsprecher.
Jeffrey ging ruhig auf die Bühne, und obwohl Micha das Gefühl hatte, in seinen Untergang zu laufen, folgte er ihm auf den Fersen. Aus dem Saal ertönten Pfiffe und Schreie. Zum Glück hingen große Scheinwerfer an der Decke, die Micha blendeten. Er ging nach vorn zum Mikrofon und sah in den Saal. Dort erkannte er nur verschwommene Silhouetten, aufsteigenden Zigarettenrauch und buntes Scheinwerferlicht. Das war auch schon alles. Seine Finger zitterten, als er sich die Gitarre umhängte. Ob man das vom Saal aus sehen konnte? Er warf einen schnellen Blick über seine Schulter und nickte Jeffrey zu. Jeffrey nickte zurück. Er zählte an und setzte ein, gefolgt von Eric.
„An earthquake, shocking as an earthquake …", fing Micha an, die Nummer von *The Trust* zu singen. In den Saal kam Bewegung. Vorne, direkt an der Bühne, wurde getanzt. Das Publikum kannte das Stück. Einige Leute schienen mitzusingen.
Michas Augen gewöhnten sich an das helle Licht. Plötzlich entdeckte er rechts von der Mitte Iris' blondes Haar. Sie stand neben Dunja und tanzte, sah ihn an und lachte.

Micha spürte, wie der Druck in seinem Magen nachließ, und merkte, wie es ihm leichter fiel, mit der Musik mitzugehen. Immerhin gab es einen Menschen, der ihre Musik gut fand, und der Rest konnte ihm eigentlich gestohlen bleiben. Er sah selbstsicher in die Menge, seine Stimme wurde tiefer. Die hatte übrigens noch nie so locker geklungen wie jetzt. Die Sätze reihten sich wie von selbst aneinander.

Dann war der Song plötzlich zu Ende. Der Applaus brach los. Micha zwinkerte und hatte das Gefühl, nach einer Marsreise wieder auf der Erde zu landen. Verlegen drehte er sich zu den anderen um. Aber Jeffrey machte ihm Zeichen, gleich weiterzumachen. Schnell packte er das Mikrofon.

„Danke, vielen Dank!“, hörte er sich sagen. „Und jetzt ein eigenes Stück, das ich für jemand ganz Besonderen geschrieben habe.“ Im Saal wurde gepfiffen. Micha bekam weiche Knie. „Es heißt *Fly to Eternity.*“

Das Licht auf der Bühne wurde gedämpft. Micha legte die Finger auf die Saiten. Diesmal musste er anfangen. Mein Gott, Iris, jetzt passiert’s, schoss es ihm durch den Kopf. Der erste Takt klang zögernd, aber dann setzte glücklicherweise das Keyboard ein und da war auch der Bass von Timo. Jeffrey gab ganz gleichmäßig den Rhythmus auf der Snaredrum an. Micha schloss die Augen und fing an zu singen. Der Song schwebte in den Saal hinein.

Smiling like a zombie
Cycling down the street
Smiling to the baker
In the bakery
Let them talk all over
Darling I don't care
Cause you and I
We can fly
To Eternity

See you again on Saturday
Just one night to go
I spend all the time I have
Thinking about you, oh, oh
Let them talk all over
Darling I don't care
Cause you and I
We can fly
To Eternity

Every freckle I will count
Until eternity
have no time to hang around
Until eternity
Breathing in the way you breathe
Until eternity
Darling that is all I need
Until eternity

So let them talk all over
Darling I don't care
Cause you and I
We can fly
To Eternity
Eternity …

Das letzte *Eternity* zog er besonders lang. Erst als das Lied zu Ende war, sah er wieder in den Saal. Ein paar Sekunden lang war es still. Um Himmels willen, dachte Micha. Ich hab mich total zum Affen gemacht! Ein merkwürdiges Gefühl der Scham machte sich in ihm breit, als ob er nackt auf der Bühne stehen würde. Im Dunklen hielt er nach Iris' blondem Haar Ausschau. Da brach der Applaus los. Iris hielt den Daumen hoch und lachte. Micha seufzte und fühlte, wie er wieder fest auf den Beinen stand.
„Meine Damen und Herren, liebe Jungen und Mädchen, das waren *The Freckles*", hallte die gleiche Stimme, die sie auch angekündigt hatte, durch die Lautsprecher. Aus den Augenwinkeln sah Micha, dass es der Typ mit dem blonden Pferdeschwanz war, der am Bühnenrand vor einem Mikrofon stand. „Wir machen jetzt eine Pause. In einer halben Stunde wird die Jury das Ergebnis bekannt geben."
Micha nahm die Gitarre ab und lief aufgewühlt hinter den anderen die Treppe hinunter. Im Gang blieben sie stehen und sahen sich schweigend an. Jeffrey war der

Erste, der was sagte. Er sperrte den Mund auf und ließ einen unglaublich lauten Tarzanschrei los. Die anderen fielen ein. Michas Knie wurden schon wieder weich. Er packte Timo am Arm und kniff ihn.
„Aua!", schrie Timo.
„Oh, sorry", reagierte Micha überrascht.
„Macht nichts, Mann." Timo grinste und verzog zugleich schmerzhaft das Gesicht. „Ich weiß nicht, was mit dir los ist, aber so gut hast du noch nie gesungen."
„Kommt", sagte Jeffrey stolz, „lasst uns in den Saal gehen."

22

Sie gingen hinter der Bühne lang nach vorne und standen plötzlich mitten zwischen den Leuten. Micha sah überall bekannte Gesichter. Er merkte, wie sich jemand zwischen ihn und Timo drängte und einen Arm um ihre Schultern legte.
„Fantastisch, Jungs!“, hörten sie die Stimme von Frau van Eijk. „Ich bin stolz auf euch. Das erste Stück war mir ein bisschen zu laut, aber ihr habt es hervorragend gespielt.“
Micha nickte ihr zu, suchte aber weiter nach Iris. Auf einmal tauchte sie vor ihm auf.
„Komm her, mein Held“, rief sie und küsste ihn auf den Mund.
„Hat's dir gefallen?“, fragte Micha.
„Spitzenmäßig!“ Iris lachte. „Vor allem das letzte Stück.“
„Hallo, Iris“, sagte Frau van Eijk, „wie geht es dir?“
Micha sah sich ratlos um. Etwas weiter weg saßen seine Eltern an einem Tisch in der Nähe der Bar. Kees hielt den Daumen hoch und Anneke lachte. Sigrid rannte

zu ihm. „He, Bruderherz, gar nicht schlecht!", sagte sie begeistert.
„Da staunst du, was?"
„Und wie!" Sigrid rannte wieder zurück.
„Und, hältst du den Erfolg noch aus?", fragte Alex, der sich neben ihn stellte.
„Ach", Micha grinste, „ich tu mein Bestes." Alex trug ein enges schwarzes T-Shirt und eine neue schwarze Hose. Er sah ganz anders aus als zu Beginn des Schuljahrs, als er zu ihnen kam. „Sag mal, was hast du denn vor?", fragte Micha und zeigte auf Alex' neue Sachen.
„Ich hab mich ein bisschen angepasst", antwortete Alex. „Ich kann hier doch nicht wie ein Streber rumlaufen, oder?"
Micha grinste. „Sehr vernünftig!"
„Wo ist Iris?"
„Da." Micha nickte in ihre Richtung. Iris redete noch immer mit Frau van Eijk.
„Den Rest des Schuljahres bleibe ich noch in Utrecht", hörte er sie sagen. Einen Moment lang stand Micha wie angewurzelt da, dann drehte er sich zu Alex.
„Wir sprechen uns gleich noch", sagte er und ging zu Iris. „Iris?", fragte er, als er hinter ihr stand.
Sie drehte sich um und machte ein Zeichen, dass sie gleich käme.
Micha wartete eine Weile, aber dann hielt er es nicht mehr aus. Er machte einen Schritt nach vorn. „Ent-

schuldigen Sie, Frau van Eijk, aber Ihre Zeit ist um."
Frau van Eijk sah ihn überrascht an und lachte, als sie Micha erkannte. „Ist schon in Ordnung, Micha. Nimm sie ruhig mit."
„Was soll das denn werden?", protestierte Iris, als Micha sie an den Rand des Saals führte. Micha machte so große Schritte, dass sie beinah nicht mithalten konnte. Sie rempelte einen Jungen in Lederjacke an.
„Pass doch auf!", brüllte der. Es war Vincent van Erkel.
Auch das noch, dachte Micha. Schlechtes Timing.
Aber Iris lächelte. „Hallo, Vincent", sagte sie voller gespieltem Mitleid. „Hab ich dir schon wieder wehgetan?"
Vincent runzelte die Stirn, als er sah, wer vor ihm stand. „War auszuhalten", sagte er kurz angebunden.
„Dann ist ja gut!" Iris lachte.
Micha zog sie am Arm. „Komm jetzt."
„Hast du gesehen, wie der geguckt hat?", fragte Iris und kicherte, als sie weitergingen.
„Vincent van Erkel interessiert mich nicht", sagte Micha grimmig.
Iris blieb stehen. „Was ist denn los?"
Micha drehte sich mit einem Ruck zu ihr. „Stimmt es, dass du bis zum Sommer in Utrecht bleibst?"
Iris nickte. „Woher weißt du das?"

„Ich hab's aufgeschnappt. Du hast es doch gerade van Eijk erzählt."
Iris biss sich auf die Unterlippe. „Ich wollte es dir eigentlich erst später erzählen."
„Wieso?"
„Es schien mir besser, heute Abend in aller Ruhe …"
Micha unterbrach sie. „Nein, ich meine, wieso bleibst du in Utrecht?"
Iris zuckte mit den Schultern. „Ellen findet es besser und ich bin lieber da als hier."
„Läuft es zu Hause wieder schlecht?"
„Nein, das nicht. Zumindest so weit ich das beurteilen kann."
„Na dann …"
„Himmel, Micha!" Iris' Stimme überschlug sich. „Stell dich nicht so an. Ich will einfach noch nicht zurück. Die sollen erst mal zu zweit klarkommen." Iris sah ihn böse an. „Willst du es mir jetzt auch noch schwer machen?"
„Nein, natürlich nicht!", sagte Micha verwirrt. Ihm schoss alles Mögliche durch den Kopf, und er wusste nicht, womit er anfangen sollte. „Und die Schule?", fragte er schließlich.
Iris seufzte. „Ich gehe zur Schule. In Utrecht."
„Wir sehen dich also nicht mehr wieder", stellte Micha fest. Er sah sich um. Der Saal war mit Menschen überfüllt. Auf einmal wollte er unbedingt nach draußen.

„Wie kommst du denn darauf?“, fragte Iris ärgerlich.
Micha zuckte mit den Schultern. „Das hört sich so an.“
„Finde ich nicht.“
Micha holte tief Luft. „Kommst du mit nach draußen?“
Iris zögerte. „Gleich wird das Ergebnis bekannt gegeben.“
„Das Ergebnis kann mir gestohlen bleiben!“ Micha ging zum Ausgang und hörte, wie Iris hinter ihm herkam. Sobald er draußen war, drehte er sich zu ihr um. „Und was ist mit mir?“
Iris sah ihm in die Augen. „Wie meinst du das?“
„Zu welchem Ergebnis kommst du bei uns? Tauschst du mich gegen einen anderen Freund ein?“
„Sei doch nicht so egoistisch.“ Iris schmiss ihm die Wörter an den Kopf. „Glaubst du vielleicht, dass ich das alles toll finde?“
Jetzt war es Micha, der sich auf die Unterlippe biss. „Nein, natürlich nicht.“
„Na also.“
Micha zwinkerte mit den Augen und hatte das blöde Gefühl, gleich heulen zu müssen. „Ich hatte gehofft, du würdest bald zurückkommen!“, sagte er leise.
Iris sah auf den Boden. „Vielleicht nächstes Schuljahr“, murmelte sie.
Micha sah hoch. „Vielleicht auch nicht“, sagte er.

Iris nickte. „Vielleicht auch nicht“, wiederholte sie ebenso leise.
Micha hätte laut schreien können. Stattdessen packte er Iris bei den Schultern und zog sie an sich. Er fühlte, wie ihn ihre glatten Haare am Kinn kitzelten. Am liebsten würde er für den Rest seines Lebens so stehen bleiben, aber hinter ihnen flog die Tür auf.
„Na endlich. Hier bist du!“ Es war Timo. „Micha, reinkommen, Mann! Wir müssen noch mal spielen.“
Micha hob den Kopf. „Noch mal?“
„Ja.“ Timo war überrascht. „Hast du es denn noch nicht gehört?“
Micha schüttelte den Kopf.
„Wir kommen zusammen mit *The Cylinders* in die nächste Runde. Nun komm schon, wir müssen auf die Bühne!“ Timo rannte wieder nach drinnen.
„Shit!“, sagte Micha aus tiefstem Herzen.
Iris lachte. „Herzlichen Glückwunsch!“
Micha schluckte. „Kommst du mit rein?“, fragte er leise.
Iris nickte.
„Ich weiß nicht, ob ich den Song noch mal über die Lippen kriege.“
„Aber klar.“ Iris drehte sich um. „Nun komm schon.“
Schweigend ging Micha hinter ihr her.
Die Band stand schon auf der Bühne, als sie reinkamen. Micha sah Eric suchend ins Publikum schauen.

„Zeig's ihnen!“, flüsterte Iris.
Micha nickte. Er bahnte sich einen Weg durch die Leute hindurch und fühlte sich, als würde er zur Schlachtbank gehen. Er musste an Iris' sanfte Haut denken und an die Male, die sie miteinander geschlafen hatten. Und dass er sich vorgenommen hatte, all ihre Sommersprossen zu zählen. Ob es dazu noch kommen würde?
Mühsam ging er die Treppe zur Bühne hoch.
„Gott sei Dank, da bist du ja“, hörte er Eric seufzen. Micha schnappte sich seine Gitarre und hängte sie sich um. Sie schien bleischwer zu sein. Die Lichter auf der Bühne wurden gedämpft. Er holte tief Luft und ging zum Mikrofon. Er warf einen Blick in den Saal, dann legte er die Finger auf die Saiten und fing zu spielen an.

Smiling like a zombie
Cycling down the street
Smiling to the baker
In the bakery …